KB133422

# 제주라서
# 다행이야

이평온 지음

뜻밖의 오늘

# CONTENTS

## PART 3
3부

# PART 1.

얼굴에 뾰루지가 막 돋아나고 있다.
이게 뭔 말이냐면,
스트레스가 엄청 심하다는 말인데,
마셔대는 커피
책상밑 쓰레기통 가득 쌓인
종이컵 부피마냥 부풀어 오른다.

나도 내 얼굴을 책임지고 싶다.
조금 더 나이가 들면
잘 생겼다는 말보다
인상이 참 선하다는 말을 듣고 싶은데,
요즘같이 산다면 가당키나 한 일일까?
그래도 바울은
오늘도 무릎을 꼿꼿이 세워서
저는 다리도 낫도록
씩씩하게 걸으란다.

# 일렁이다

평소와 다름없던 하루였다. 봄이 무르익어 나른한 날이었다. 기지개를 켜면서 바라본 창밖의 햇빛은 포근하고 따사로워 보였다. 이날도 어김없이 야근을 했다. 퇴근 후 아내와 거실에 나란히 누워 잠든 세 아이들을 바라보며 늦은 이야기를 나눴다. 어제와 같은 무덤덤한 일상이었다.

"누구네 알지? 제주로 한달살이 간다더라!"

큰아이 친구네의 소소한 근황이었을 뿐이었다. 여느 때면 기억의 편린으로도 남지 않았을, 그저 귀를 스쳐 지나갈 말이었을 텐데, 이날은 왠지 연못에 툭 던져진 조약돌 마냥 동그란 파문을 내다가

점점 큰 일렁임으로 마음을 흔들어 놓았다. 무척이나 간절했지만 하루 휴가마저 사치 같던 나에게 제주에서의 한 달간 휴식이라는 말은 다다를 수 없는 비현실적 영역에 속한 것이었다. 갑자기 친근했던 이웃이 나는 닿을 수 없는 다른 차원의 세계에 사는 사람처럼 멀게 느껴졌다.

12년 넘게 일하던 회사에서 점점 지쳐가고 있었다. 의욕적으로 일했던 것들은 안 좋은 쪽으로만 흘러갔다. 계속 흘러 고이는 일들을 밤과 주말에 남아 퍼 올려 보았지만 더욱 스미고 고일 뿐이었다. 쌓인 찌꺼기들은 가라앉았고 나를 더 옥죄어 왔다. 맑아 보였다가도 누군가가 막대기를 들어 휘저어 버리면 밑바닥에 고인 침전물들은 구정물이 되어 훅 올라왔다. 늪에 빠져든 것 같았다. 에너지는 이미 고갈되었다. 아침마다 출근하기 위해 안간힘을 낼 때마다 햇볕에 한참을 널어둔 수건을 쥐어짜는 느낌뿐이었다.

화창했던 5월. 그것도 어린이날이었다. 회사가 큰 행사를 준비하던 때라 부서의 모든 팀원이 나와 일을 해야 했었다. 몸과 마음 모두

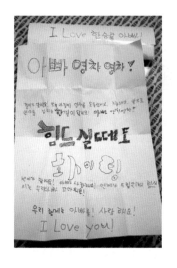

분주했기에 여유가 없었다. 아이들이 제법 기대했을 어린이날 선물도 준비하지 못했다.

같이 놀아줄 시간 역시 언감생심이었다. 세 아이들과 아내에게 미안한 마음뿐이라 조용히 아파트 문을 나서려 했는데, 아이 엄마가 급히 나오더니 봉투 한 장을 손에 꼭 쥐여 주었다. 삐뚤빼뚤 쓴 글씨였지만 큰아이와 둘째 아이의 마음만은 또박또박 적힌 알록달록한 편지였다.

평소라면 아이들이 고사리손으로 또박또박 적었을 응원 문구에 힘을 얻어 하루 내 열심을 내어 일했을 텐데, 이미 흔들리고 일렁이던 마음이라 아이들 편지는 더 큰 돌멩이가 되어 파문만 만들 뿐이었다.

올림픽 도로를 달려 사무실 책상에 앉았는데도 마음이 좀처럼 진정되지 않았다. 종이컵에 믹스커피를 한잔 타 마시는데, 쉴 새 없이 돌려야 했던 삶의 쳇바퀴에 대한 회의감이 커피의 쓰고 단맛처럼 훅 일었다.

'무엇 때문에 이처럼 열심을 내어 달려만 하는 거지?'

"제주 여러 마을이 작은 학교를 살리기 위한 주택임대 사업을 하고 있대. 아이들이 작은 학교에 다니는 조건으로 마을 빈집을 고쳐 다자녀 가정에 저렴하게 빌려주나 봐."

제주 읍면 지역의 작은학교들은 학생수가 자연 감소하여 학교 존폐 여부까지 걱정할 정도가 되자, 학생들을 유치할 요량으로 학교를 품은 마을과 함께 정부 지원을 일부 받아 낡은 집을 고쳐 저렴하게 임대하는 '작은학교 살리기 사업'을 진행하고 있었다. 이미 제주 이주 바람이 불고 있었기에, 빈집이 있다는 공고나 입소문이 나면 외지인들의 신청이 잇달아, 바로 바로 마감이 되고는 했다.

서울에서 제주로 전근한 중학교 선생님이 운영하는 블로그를 통해 제주시 성산읍의 온평리라는 바닷가 마을에도 위와 같은 빈집이 있다는 정보를 얻게 되었다. 게시글에는 마을과 학교의 여러 정보

외에도 온평초등학교 사진들이 몇 장 첨부되어 있었다. 파스텔 빛으로 알록달록 단장된 교정이 마음에 쏙 들었다.

운동장에는 천연잔디가 깔려 있었고 교정 뒤편에는 연꽃이 아름핀 연못과 고즈넉한 솔숲이 숨겨져 있는, 작지만 보석처럼 예쁜 학교였다. 학생 수도 많지 않아서 학년당 열 명 내외의 아이들이 다닌다고 했다. 아파트 숲에 둘러싸인 도시학교에 다니던 우리 아이들이 예쁜 이 학교에 다니며 뛰어노는 상상만으로도 우리 부부에게 설렘이 깃들었다. 꿈을 꾸니 행복해졌다.

'이미 계약이 끝났다는데요!'라는 댓글이 달려 있었지만, 썩은 동아줄이라도 붙잡고 싶은 간절함 때문이었는지, 용기를 내어 전화를 걸었다. 소심하게 건넨 문의 전화였는데, 제주에서 들려오는 목소리는 크고 씩씩했다.

"아이들 학교 문제를 전화로만 할 수 있수꽈?
온평리 오게 마씸, 면접 한번 봅써."

철망 안에서만 살던 다람쥐는 굴려도 끝이 없던 쳇바퀴에서 내려
와 철망 문을 열고 다른 세상으로 나가 보기로 했다. 늘 소망했지
만 감히 행하지는 못했던 삶으로 방향을 바꿔보기로 했다.

이튿날 무작정 휴가를 냈다.

# 흐린 날

평일, 회사에 가는 대신 아내와 함께 제주행 비행기를 탔다.
기분이 묘했다.

먹구름은 아니었지만 구름이 잔뜩 껴 날이 흐렸다. 비행기는 가파르게 솟구치더니 이내 창공을 날았다. 쨍한 햇빛이 비행기의 차창에서 파편처럼 부서져 내렸다. 신기했다. 날씨는 변한 건 하나 없는데, 구름 밑과 구름 위가 이렇게 다르다니. 작은 창에 이마를 바짝 대어 빼꼼 아래 펼쳐진 풍경을 내려다보았다. 손톱 크기의 비행기 그림자는 몽글몽글 엉긴 구름 틈을 용케도 비집으며 남해의 바다까지 따라왔다. 해무리 같은 무지개 테두리를 두른 채로. 금세 제주공항에 내렸다. 제주도 역시 흐린 날의 잿빛 풍경이었다. 콕 집어 묘사할 문장을 찾을 수 없었지만 내 마음과 똑같다고 여겼다.

성산읍 온평리는 꽤 먼 거리에 있었
다. 공항에서 47km. 족히 한 시간 넘
게 가야만 했다. 렌터카 네비게이션
이 안내하는 대로 길을 나섰다.

시내를 벗어나 대로에 접어든 후 한
참을 가다 왼쪽으로 꺾어, 오름 사이
로 난 길을 달렸다. 오름들은 엄마가
시골집에서 한 상 가득 차려 내놓은 고봉밥처럼 소복했다. 생경해서
자꾸 기웃거리게 하는 낯선 풍경이었다. 여행 삼아 왔다면 환호성을
지르며 즐거워했을 풍경이었지만, 웃을 수 없었다.

'여보소 공중에 저 기러기 열십자 복판에 내가 섰소.
갈래갈래 갈린 길,
길이라도 내게 바이 갈 길은 하나 없소'

문득 학창시절 문학 교과서에서 읽었던 김소월의 '길' 이라는 시가
생각났다.

어렴풋한 기억으론 파도가 잔잔했
던 것 같다. 온평 포구가 보이는 작
은 찻집에서 초등학교 운영위원회
부위원장님을 만났다. 성산에서 맛
집으로 유명한 큰 식당을 운영하는

부위원장님은 마을과 학교의 마당발 같은 분이었다. 왠지 모를 긴장
감에 우리 부부 모두 허리를 꼿꼿이 세우고 면접을 봤다. 지금까지
보아왔던 어떤 면접보다 떨린 순간이었다. 달라 하지 않았는데도
부위원장님께 회사 명함을 드렸다. 경찰서에서 깨끗한 범죄경력회
보서도 한 부 떼어서 왔다. '처음 뵙지만 마을에 폐 끼치지 않을 나
름 선량하고 괜찮은 사람입니다' 라고 어필하고 싶었다. 대화 중 잠
깐 화장실 다녀오는 시간을 이용해 찻값도 계산했다.

다행히 우리 부부를 마음에 들어 하는 눈치였다.
"삼춘. 어디 갔수꽈?"
"무사?"
"아래층에 세들 사람들 육지서 내려와신디, 집 좀 보게마씸"

집주인이신 노부부는 출타 중이셨는데, 우리의 새 보금자리가 될 수
도 있는 집이 무척 궁금했기에 양해를 구하고 집구경에 나섰다. 세
들 집은 마을 복판에서 바당으로 향하는 마을 안길에 있었다. 수도
가 놓이기 전 마을 주민들의 식수원이었던 내통우물이라는 공동 우
물이 보존되어 있었고, 나름 마을의 중심이라 나들가게인 코사마트
가 자리했다. 진머리방이라는 소박한 미용실도 이웃해 있었다.

동네는 정겨웠고 푸근했다. 제주다운 현무암으로 된 돌담과 미깡밭,
알록달록한 지붕을 얹은 돌집이 넓은 도로 주변에 펼쳐진 개량된

제주의 큰마을이었다. 삶의 방향을 바꾸고자 새길로 나섰지만, 갈피를 잡지 못하던 우리 부부에게 온평리는 따뜻하고(溫) 평안(平)하다는 이름처럼 안도감을 주었다.

제주돌담은 아니었지만 시멘트 블록을 반듯하게 쌓아 담을 둘렀고 기와지붕을 얹은 큰 철제 대문으로 드나들 수 있는 적벽돌로 견고하게 지은 이층집이 우리를 품어 주었다. 대문을 들어서면 마당이 있었고 푸른 잎을 잔뜩 머금은 금귤나무가 마당 한 편에 서 있었다.
담 하나를 사이에 두고 주인집 할아버지가 직접 일구신다는 밀감밭이 있었다. 키는 작았지만, 잎을 무성히 낸 귤나무들이 정갈한 모습으로 도열해 있는 과수원을 보더라도 주인집 할아버지의 성품을 알 수 있을 것 같았다.

이 집의 일층은 원래 귤 컨테이너며 농기구를 보관하던 너른 창고였는데, 반을 뚝 나눠 왼편을 우리가 살 집으로 개조해 놓았다. 도시에서 살던 아파트의 반 정도 되는 십여 평의 작은 크기였다. 그래도 방 두 개와 주방 겸 거실, 화장실 등 나름 살림집의 구색을 갖춰 놓았기에 충분히 다섯 식구가 부대끼며 살 수 있을 것 같았다. 집이 눈에 익자 스르르 긴장감과 불안함이 사라졌다. 그리고 삶의 방향을 바꿀 용기도 용천수처럼 솟아났다.

육지와는 다르게 제주는 연세로 집을 빌린다 했다. 일년치 세를 선불로 내는 개념인데, 다행히 지원이 있어 저렴했다. 한달 20만원 정도에 해당하는 연 250만원을 내고 이 집에서 살기로 계약했다. 단, 한 달 내로 이사를 와서 아이들을 전학시키라는 조건이 붙었다. 마을에서도 하루빨리 작은 학교에 아이들이 북적이기를 바랐기 때문이었다. 몇 개월 여유를 두고 도시 생활을 마무리하고선, 2학기 개학 전에 입도하려는 희미한 계획은 어그러졌지만, 어찌 보면 더 잘된 일 일수도 있겠다 싶었다.

쇠뿔도 단숨에 빼라는 속담처럼, 미지근해서 주어진 길만 걸었던 나에게 무턱대고 저지르는 일이 무척 필요한 시기였기 때문일 테다.

# 휴직원을 냈다

저녁을 먹고 샤워를 하고 나오니, 둘째 아이 결이 묻는다.

"아빠, 어디서 잘 거에요?"
"안방 침대에서 잘 건데?"
"그럼 나도 침대에서 잘 거에요."

눈이 반쯤 잠긴 둘째 녀석이 오늘은 꼭 아빠 옆에서 자고 싶다 한다. 함께 방에 들어와 불을 끄고 누웠다. 아이는 작은 고사리 손으로 아빠를 꼭 안았다. 나는 아이와 볼을 부비다 볼 뽀뽀를 하고는 손을 쥐며 말했다.

"결아, 아빠가 우리 결이 최고로 사랑해!"

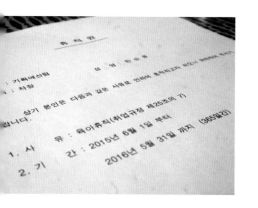

어둠 속에서도 아이가 활짝 웃는 것을 알 수 있었다. 둘째가 잠들 때까지 같이 누워 곁을 지켜주었다. 일곱 살 아이도 안다. 아빠에게 특별한 일이 생겼다는 것을.

아빠가 변할 것 같다는 예감을 느낀 걸까?

12년 넘게 일했던 직장에 휴직원을 제출했다. 재가를 받고 마무리를 짓고서는 퇴근했다.

매일매일 행복하기로 다짐했다. 벌어 놓은 것도, 비빌 언덕도 없었다. 그런데도 퇴사라는 배수진을 친 채 육아휴직을 신청했다.

'외벌이 아빠가 육아휴직을?'

보수성이 팽배해 크게 당겨 놓은 활시위 마냥 팽팽한 긴장감이 넘치는 회사 분위기가 한층 날이 섰다.

"나름 혜택받은 네가? 왜? 승진도 빠르잖아? 너만 힘들어? 뭐 하려고? 신중하게 다시 한번 생각해봐!"

부서 팀장님과 그 위 처장님, 그리고 상무이사님까지 면담을 해야 했다. 말할수록 불안감은 증폭되었다. 하지만 어떻게든 쉬지 않고 달음박질했던 굴레를 멈춰야 했다.

"도망친 곳에도 천국은 없어요."

일하다 지칠 때면, 늘 같은 풍경을 바라보면서 함께 커피를 마셔주는 방식으로 힘을 줬던 후배는, 의외로 냉정함을 유지하며 나에게 곧 닥칠 현실을 이야기해 주었다.

맞다. 난 도망치는 중이다. 막막함 속의 나로부터. 이불을 뒤집어 쓴 채 한바탕 자고 나면 세상이 변해 있으면 좋으련만, 아니 내게 같은 현실을 견딜 힘이 생겨나면 좋으련만…… 변치 않을 현실 앞에서 나는 더이상 견딜 힘이 없었다.

인생이 여든이라면 마흔이 되었기에 '내 인생의 Half-Time'을 갖고 싶었다. 그래서 용기를 내어 쉬기로 했다. 아니다. 무작정 놀기로 했다. 직장동료들의 걱정과 조언만큼 나도 스스로 많은 질문을 해댔다.

해답은 없었다. 남은 삶은 어떻게 살지? 생각할수록 걱정만 돼서 그냥 아무런 생각도 하지 않기로 했다. 단지 하루하루 행복하게 살기로 했다. 돈을 벌던 시간을 내어 대신 행복을 사기로 했다.

언제까지 버틸지는 모르겠지만 삶의 방향을 바꿔보기로 했다.

급격하게 삶의 방향을 바꾸더라도 내 마음속 이어도로 여겼던 새로운 곳이라면 어려움도 이겨내고 꼬닥꼬닥 살아낼 수 있을 것 같았다. 기존의 삶과 철저한 단절이 필요했다. 그래서 스스로 고립을 택했다. 바다를 건너보기로 했다.

내게는 여전히 외딴 섬.

제주로 이주하기로 했다.

# 매일매일 행복하기

매일매일 행복하기로 했다. 의지를 내서 노력하기로 했다. 게으른 몸을 일으켜 아이들과 학교 운동장에 가서 두 번이나 뛰놀고 왔다.

점심때는 삼겹살을 구웠다. 저녁에는 어묵을 곁들인 국수를 만들어 봤다. 아내가 요란을 떨면서 맛있다고 해 줬다. 아내도 남편이 행복하도록 의지를 내고 있었다.

볶은 갓김치를 다 먹어 치웠다. 잔반을 남기지 않았으면 했다. 즐겨보지 않았던 예능프로를 큰아이와 보면서 낄낄댔다. 로또도 샀다. 잠깐이지만 큰돈이 생기면 무엇을 하지? 하는 상상만으로도 기분이 좋아졌다. 사소한 것으로 행복하기로 했다.

난, 무슨 바람이 들었길래, 퇴직이라는 배수진을 치고 육아휴직을 냈던 걸까?

힘들어서 그랬겠지만, 솔로몬이 말했다는 '이것 또한 지나가리라 (Soon it shall also come to pass!)'를 외치며 또다시 인내하지 못한 이유는 무엇일까? 12년의 공든 탑을 무너뜨리고 이제 어느 언덕에 비비고 살 것인가?

새달의 첫날. 1년간의 육아휴직이 시작되던 날, 자정을 넘긴 시간에 다시 한번 자문해 보았다. 실감이 나지 않기 때문일까?

낯설다. 출근의 관성에 얽매인 나는 노는 것이 익숙하지 않아, 바쁜 월요일을 앞두고 잠 못 들던 과거 여느 일요일 밤처럼, 여전히 부유하고 있었다. 25일이 되면 월급이 더 이상 들어오지 않을 텅 빈 통장 잔고를 받아들이는 것도 익숙하지 않겠지?'

'그래도 잘 선택한 거야!'

쉬고 더 웃으며, 아내, 아이들과 더 많이 부대끼면서 행복한 삶을 살아낼 거다. 밝은 해가 떠오를 테지! 푸른 여명이 감도는 새벽이니까.

# 웃지 않으면 사람이 아니에요

"웃지 않으면 사람이 아니에요"
어제 둘째 아이 결이 한 말이다. 일곱 살 아이의 실없는 우스갯소리 같았는데, 머리에 맴돌아 계속 곱씹게 되니 나름 심오하다.

맞다. 웃어야 사람이다.

생각해 보니, 어릴 적 난 표정이 참 다양한 아이였다. 인상파라는 소리도 들었고, 하회탈 같다는 말도 많이 들었다. 파안대소하기도 했고 잘 울기도 했었다. 표정을 감추지 않았었다. 솔직한 사람이 좋은 사람이라고 생각했다. 배우 최민식 님의 주름진 얼굴을 좋아했다. 나도 중년이 되면 희끗희끗한 머리와 굵은 주름을 갖고 싶었다. 내 얼굴에서 세월의 흔적과 희로애락을 볼 수 있었으면 했다. 더불어 꾸밈없는 사람이라는 소리를 듣고 싶었다.

회사생활이 삶에 누적된 어느 순간부 터, 소망과는 반대로 잘 웃지 않게 되 었다. 삶의 무게가 고스란히 어깨에 쌓 여 버거워질 무렵부터 순전하게 웃지 못했던 것 같다. 얼굴 근육도 다른 몸 의 근육과 같아, 쓰지 않으면 퇴화하는 지, 웃을 일이 없자 어쩌다 웃을 일이 생겨도 웃는 모습은 점점 일그러져만  갔다. 이런 내 모습이 전혀 사랑스럽지 않았다.

"평온씨는 왜 이리 얼굴이 검어요?"

몇 년 전, 회사 복도에서 잠깐 스치며 무심한 듯 툭 던진 회사 선배의 한마디에 그간 감춰왔던 내 민낯을 들킨 것 같아 부끄러워 화들짝 놀 란 적이 있었다. 화장실에서 손을 씻으며 바라본 내 얼굴에는 검은 기 미가 잔뜩 올라오고 표정은 표독스러웠다. 거울을 보며 슬퍼졌다. 거 울 속 인생이 정색을 하자, 못 마시는 술을 한 잔 하고픈 울적함이 들 이닥쳤다.

한 부서에서 7년간 같은 일을 하던 때였다. 회사 내 온갖 잡다한 일을 하는 역할이라, 절대적인 업무시간이 필요한 일이었다. 쿨하게 거절 하지 못하는 성격이라, 몸에는 피로가 쌓여만 갔고 스트레스 역시 마 음에 차곡차곡 담겨만 갔다. 임계점을 넘었는지 어느 날부터인가 화가 나면 쉽게 풀리지 않았다. 거래처와 업무 전화를 하다가 분이 차올라 고래고래 소리를 질러댔다. 화가 극한으로 치달은 어느 날엔 주먹으로 벽을 내려쳐 손등 피부가 찢겨 나갔다. 이런 내 모습이 낯설고 당황스러웠다. 정신과 상담을 받았다. 우울증 초기였다.

다행히 처방해 준 안정제를 복용하니, 마음이 평안해졌다. 다행이다 싶으면서도, 평생 예수님 제자의 삶을 살아내겠다고 다짐했던 크리스천으로서 무척 부끄러웠다.

마음이 곪으니 피부도 곪았다. 마음이 늙으니 피부도 늙었다. 외면하고 싶었고 감추고 싶었는데, 가면은 쉽게 벗겨져 버렸다. 다른 이들도 쉽게 알게 되었다. 이때부터 잠자리에 누우면 배낭 하나 메고 세계 이곳저곳을 떠도는 꿈을 꾸곤 했다. 휴식과 자유가 필요했다.

휴직을 결정하고 나니 마음이 가난해졌다. 감사하게도, 궁핍하여 조급하기보다는 무엇인가를 풍성히 채우고 싶은 갈급함이 커져만 갔다. 평소 성경을 묵상할 때는 좀처럼 체감되지 않았던 '심령이 가난한 자는 복이 있나니 천국이 저희 것임이요'라는 예수님의 산상수훈 말씀이 확 다가왔다.

"복 받은 자여. 그대는 심령이 가난하고 천국이 너의 것이구나"

예전엔 좀체 이해하지 못했던 '복을 받은 결과가 가난함'이라는 이 역설이 조금은 이해가 되었다. 심령의 가난함에서 비롯된 충만함과 풍요함이 찾아왔다.

나를 바꿔보고자 하는 의지
가 샘솟았다. 먼저 웃는 습
관을 들여보기로 했다. 거울
앞에 서서 "하하하하" 소리
를 크게 내어 박장대소해 보

았다. 어색한 만큼 더 크게
웃었다. 웃을 때마다 분출된다는 아드레날린과 도파민이 샘솟기를
바랐다. 한 번 더 웃을 때마다 웃는 게 조금씩 더 자연스러워졌다.
행복해서 웃는 게 아니라 웃어서 행복하다는 말은 사실이었다. 웃음
에도 의지가 필요했고 웃음은 웃음을 불러왔다.

"웃으면 복이 와요! 아하하하하하!"
거울 속 비친 나 자신에게 크게 외쳤다.

# 치유 산행, 지리산

휴직 첫날 월요일. 회사 사무실 각층을 돌며 본사 임직원께 마지막 인사를 드리고 지방 직원들께도 전화를 돌렸다. 악수하면서 또는 수화기를 통해서 들려오는 동료들의 목소리에는 여러 느낌이 배어 있었다.

'요즘 같은 시기에 사내놈이 육아휴직이라니.'
하긴 스스로 돌아보아도 웬 용기로 이렇게 질렀는지 모르겠다. 간절했기 때문이겠지만, 동료들이 어떻게 생각할지 겁도 났다.

'나는 세상 물정 모르는 어리석은 사람이겠지? 아니면 자기밖에 모르는 이기적인 사람이거나......'

회사 정문을 나서니, 비로소 실감이 났다. 이제, 진짜 시작이구나. 1
년간의 휴직. 그리고 제주에서의 삶.

나는 해마다 연말이 되면 손으로 적는 다이어리를 산다. 그리고는
항상 버킷리스트(bucket list)를 적곤 했었다. 어찌보면 대리만족의
일종이었을 테다. 하나하나 적으면서, 이번 생애에서는 불가능할 것
같지만 그래도 포기하기는 아까운 것을 마음에 꾹꾹 눌러 적고는 했
다. 또, 의지만 내면 할 수 있을 것 같은데 하지 못하는, 잡힐 것 같
은데 잡히지 않는 신기루 같은 것들도 버킷리스트에 쓰곤 했었다.
그중 하나가 바로 '지리산 종주' 였다.

걷다 보면 지혜를 선물해 준다는 지리산(智異山)이 정말 나 같은 어
리석은 사람에게도 지혜를 줄까?

지리산을 걸으면서 휴직의 삶을 열고 싶었다. 혼자서 30여km를 묵
묵히 걷고 싶었다. 그간 가슴속에만 담아두었던 생채기들을 터벅터
벅 걸어 낼 발자국과 함께 털어버리고 싶었다. 가쁜 숨을 내쉬다 돌
아보면 광활하게 펼쳐져 있을 백두대간의 푸른 산맥들을 보고 싶었
다. 고되게 산마루를 오르다 잠시 멈추면 허벅지 말초신경에 짜르르
흐르는 작은 경련으로 '살아있다'는 느낌을 받고 싶었다.

집으로 돌아와 부리나케 배낭을 꾸렸다. 30리터도 안되는 배낭에
이박삼일 간의 음식과 옷가지를 욱여넣어 메어보니 당최 용기가 나

지 않았다. 일만 하느라 운동을 전혀 하지 못했기에, 가느다란 다리와 배불뚝이 허약 체질로 이 무거운 배낭을 메고 이박삼일을 걸어낼 자신이 없었다.

"그래도 갈 거야. 후회하고 싶지 않으니까!"

남들은 일과를 마치고 퇴근하는 시간이었는데, 난 배낭을 메고 기차역에 갔다. 주말이면 종주자들로 가득 찬다던 주중의 22:45분 용산발 무궁화호는 텅텅 비어 있었다. 사람들이 듬성듬성 앉은 무궁화호 기차가 플랫폼을 떠나기 시작했다. 어둠 속 점점이 박혀있던 도시의 불빛들이 명멸하며 어둠 속으로 사라져 가자 비로소 내 모습이 차창에 선명하게 그려졌다.

'노는 사람. 가난한 사람. 하지만 행복하기로 한 사람.'

규칙적으로 덜컹대던 무궁화호 기차 한편에 내가 12년간 항상 꿈꾸었던 쉼의 순간들이 느릿느릿 흐르고 있었다.

선잠을 자다 깨기를 몇 차례, 기차가 구례구역에 도착했다. 기차 한량에 듬성듬성 섬처럼 가라앉았던 산손님들이 일제히 활화산처럼 생기를 분출하며 자리에서 일어섰다. 기차에서 내려 마주한 구례구역을 비추던 새벽 달빛은 휘황하고 찬란했다. 앞으로 펼쳐질 내 삶의 굴곡은 짐작하지 못하겠지만 그래도 이날의 달빛만은 환히 비춰주기를 바랐다.

여명이 트기 전 사위를 감싼 칠흑의 어둠을 헤치고 성삼재부터 노고
단까지 걸었다. 전망 좋은 곳에서 흐린 날의 일출을 감상했다. 굽이
치는 산마루를 산안개가 포근하게 감싸 안았다.

운무가 춤추는 동안 시간도 흘렀다. 시간이 흐를수록 지리산의 녹음
도 진하게 번져 났다. 도시 잿빛 콘크리트 더미에서 자의반 타의반
부속이 되어 끊임없이 회전만 했던 내 톱니바퀴 인생을 잠시 멈춰
세우고서 난 지리산의 풍경을 바라보고 있었다.

임걸령과 돼지령, 피아골 삼거리, 노루목, 삼도봉, 화개재를 지나 연
하천 대피소까지 걸었다. 산철쭉은 피고 져서 스쳐버린 봄날의 분홍
빛 상흔을 등산로에 뚝뚝 남겨 놓았다. 너덜길을 하염없이 올랐다.

나목이 되어 메말라 가는 천년 주목들의 무덤밭도 지났다. 까마귀는
큰 날개를 펼치며 날아올랐다.
의욕 넘치게 내딛던 발걸음은 오후가 되자 천근만근 무거워졌다. 잠
깐잠깐 멈춰 지리산을 음미했던 눈길은 바닥에 딱 붙어버렸다. 이
박삼일 먹거리가 담긴 배낭이 버거워서 틈이 나면 벗어 던져버렸다.
새벽 4시 반부터 내쳐 걸었기에 기진맥진했다. 오후 5시가 다 되어
벽소령에 도착했다. 나무 산장 한구석에 모포 두 장을 깔고 누웠다.

어둡기 전 라면과 참치캔, 햇반을 섞어 짜글이를 만들어 저녁을 먹었다. 지리산에서의 하루, 그간 일상과는 다른 하루의 첫날이었다. 벽소령 대피소에서 맞이한 둘째 날은 참 맑았다. 아침 햇살이 작은 불투명 창문에 부딪혀 부드럽고 화사하게 산장 내부를 밝혀 주었다. 이날은 세석평전을 거쳐 장터목까지만 걸으면 되었기에 여유로운 마음이라 아침 곳곳이 풍요로웠다.

날이 좋으니 지리산은 한층 싱그러웠다. 등산로에도 햇빛이 마중 나와 있었다. 하루 치 먹거리가 사라진 배낭도 한결 가벼웠다. 선비샘에서 시원한 물을 들이켠 후 물통에 샘물을 가득 채웠다. 몸에 생기 역시 가득 채웠다.

"난 살아있어."

돌길로 된 오르막이 그리 힘들지 않았다. 기암절벽 사이로 푸른 숲과 고사목이 어우러져 있었다. 고개를 들면 파란 하늘 아래 햇빛이 검날처럼 번쩍였다.

행복감에 취해 걷다 보니 세석평전이 펼쳐졌다. 바윗돌 백두대간이 굽이치다 툭 트인 고원에 잔돌을 잔뜩 뱉어낸 평야 같은 세석평전에는, 6월이라 구상나무가 짙은 초록들을 한껏 흩뿌려 놓았다. 마치 푸른 구름 위를 걷는 느낌이었다. 연하봉을 거쳐 장터목에 이르렀다.

햇빛이 한창인 오후 3시였다. 장터목 대피소에 짐을 부려놓고 맨몸으로 천왕봉에 올랐다. 해발 1915m의 대한민국에서 두 번째로 높은 봉우리로 가는 길에는 키 낮은 덤불 사이로 죽어 말라가지만 여전히 옹골차게 대지에 뿌리를 박고 세월의 상흔을 새기고 있는 천년 주목들이 사열하듯 늘어서 있었다. '한국인의 기상 여기서 발원하다'라고 적혀 있는 천왕봉 표지석 옆에 기대어 앉아 하늘을 올려 보았다. 정상에 올랐지만, 하늘은 여전히 높았다. 평일 늦은 오후라 고요함이 사위를 감쌌다. 아무 생각도 하지 않았다. '하늘멍' 때리기에 아주 좋은 날이었다.

저녁에는 장터목 대피소 난간에 앉아 지리산의 석양을 바라보았다. 붉게 사그라지는 여명을 배경으로 산 그리메는 성큼 다가섰다가 돌연 암연 속으로 사라져 버렸다. 이윽고 별빛이 초롱이며 밤하늘을 수놓더니 이내 우수수 산장으로 쏟아져 내렸다.

이른 잠을 자고 새벽에 다시 천왕봉에 올랐다. 산행객들의 이마에서 빛나는 랜턴불을 따라 오솔길을 걸었다. 산이 높아서 새벽에는 무척 추웠다. 산정상 여기저기서 많은 산손님들이 옹송거리며 일출을 기다렸다. 시간이 흐르자 아득히 먼 곳으로 주홍빛 선이 반듯하게 그어지더니 곧 핏빛처럼 붉어져 창공을 물들였다. 사람들의 감탄 속에 맑고 동그란 해가 굽이치는 산등성이로 쑥 떠올랐다. 오늘은 오늘의 해가, 내일은 내일의 해가 매일매일 떠오르지만, 천왕봉에서 바라본 일출은 특별한 감동을 선물처럼 안겨 주었다. 나도 모르게 팔을 크게 벌려서 뜨거운 해를 더 뜨겁게 감싸 안았다.

가파른 길을 하염없이 걸어 중산리 방향으로 하산했다. 지리산 종주를 마치고 전주 누나 집에 들렀다. 며칠간 세수하지 못해 꾀죄죄하고 수염이 덥수룩한 얼굴이었는데, 버스터미널에 픽업을 나온 누나의 첫 마디가 가슴에 남았다.

"녀석! 얼굴빛이 맑은데!"

어이쿠! 마흔 넘고 냄새나는 아저씨 얼굴에서 밝은 빛도 아니고 맑은 빛이라니. 빤한 공치사였지만 기분이 무척 좋아졌다.

왠지 다가올 제주 생활에도 맑은 빛이 흐를 것 같았다.

# 근심과 판타지 사이

"이 녀석아! 섬에서 사는 게 쉬운 게 아니다. '사람은 서울로 보내고, 말은 제주도로 보내라'는 속담이 괜히 있는 게 아니야. 무럭무럭 커 나갈 아이 셋을 데리고 어찌 제주도로 간다고 하냐? 후회할 짓 하지 마라."

"아버지! 세상 바뀐 지 언제인데요. 제주도 만큼 아이들 키우기 좋은 곳이 없대요. 원래 제주 사람들 학구열 높은 건 유명하고요. 요즘에는 서울에서도 교육 때문에 일부러 제주도로 이사 가는 사람도 많아요. 어떤 학교는 승마, 오케스트라 같은 교육 커리큘럼도 갖고 있어요."

"그래도 제주도는 멀다. 비행기 삯도 비싸고! 오가기도 힘들어! 또, 너네는 먹고살 요량도 없다면서? 너는 어릴 때 엄마 밭일 거들어 주는 것도 싫어할 만큼, 궂은일 안 좋아했다. 섬 텃세도 만만치 않아. 너에게 제주살이는 만만치 않을 거야. 엄마는 너희들이 이사 안 갔으면 좋겠어."

"엄마! 비행기 타면 한 시간이면 가는 곳이 제주도에요! 항공료도 찾아보면 싼 게 많고요. 서울에서 시골집 오는 시간이면, 서울에서 제주도 왕복하고도 남아요. 살다 보면 먹고 살길도 열리겠죠. 다 사람들 사는 곳인데, 너무 걱정하지 마세요!"

막내 누나나 형처럼 먼 외국으로 이민을 떠나는 것도 아니다. 우리나라에서 단지, 바다를 건너 이사하려는 것뿐인데도, 여든 되신 부모님은 마흔 살 먹은 막둥이 걱정에 잠이 오지 않는다며 전화를 할

때마다 성화를 내셨다. 하기야 어른이 되었어도 부모님 눈에는 여전히 물가에 내놓은 아이처럼 위태해 보였을 테니, 게다가 스스로 돌아보아도 믿음직스러운 적이 별로 없었던 인생이었으니, 잘 다니던 회사도 그만두고서 무작정 제주도로 떠난다는 막내아들을 만류하고 싶었을 것이다.

제주로 떠나기 전, 걱정 방지차 들렀던 고향 집에서 부모님의 염려에 한바탕 홍역을 치렀다. 연로한 아버지, 어머니에게 여전히 제주도는 신혼여행처럼 인생의 방점을 찍을 때나 가볼 수 있는, 멀고 먼 여행지로 남아있었다. 일부러 듬직한 표정으로 가슴을 활짝 편 채, 큰소리를 빵빵 쳐댔지만, 돌아오는 길이 나 역시 편하지는 않았다. 사실 난 부모님의 걱정을 덜어드리는 것보다는, 응석받이 어린애가 되어 격려와 응원을 받고 싶었는지 모른다.

여전히 또렷하게 각인된 기억이 하나 있다. 게으름뱅이 아들이 소년 시절 유리창을 투과해 포근하게 내리쬐던 햇빛을 받으며 늦은 잠을 자고 있을 때면, 아버지는 살며시 다가와 당신의 수염 까슬한 얼굴로 내 볼을 비비며 당신의 애정을 표하곤 하셨다. 그때마다 '아이! 따가워!' 얼굴을 찡그리면서 아빠의 얼굴을 밀쳐내곤 했었지만, 내가 힘들어지는 순간마다 유독 그 까슬한 촉감이 그리워지곤 했었다. 그래서 다 컸을망정, 그것까지는 기대하지 않더라도, 본능적으로 아버지, 어머니가 거친 손길로 '괜찮다'라고 내 어깨를 보듬고 두드리는 스킨십을 그리워했는지도 모르겠다.

'잠깐의 여행이 아니야. 삶의 변곡점을 맞이하는 거지. 우리 가족의 삶이 어디로 흘러갈지 나도 모르겠어. 그래서 두려워.'

시원하게 뚫린 고속도로를 빠르게 달리는 자동차와는 다르게 내 마음은, 주말 지독하게 밀리는 교통체증에 빠진 듯 갑갑함 속에서 허우적댔다. 여태까지 살면서, 한 번이라도 무모한 도전을 해 본 적이 없었다. 순탄하게 살려고만 했고, 주변 사람과 환경 역시 그런 나를 배려해 줬으니까. 보이지 않는 자욱한 길 앞에서 긴장과 흥분에 마음이 붕 뜨기도 했지만 막막함 후에 닥쳐오는 두려움은 가실 방법은 없었다. 시간은 흘렀고 세상 역시 많이도 변했지만, 나 역시 제주도를 서른 살 넘어 처음 가봤고, 값이 싸졌다고 하지만 여전히 공항에 가서 비행기를 타는 일은 특별한 일이니까, 제주도는 남해의 바다만큼 지리적, 심리적으로 여전히 멀리 떨어져 있으니까.

문득 고향에서 서울로 유학을 왔던 스무 살 대학생 새내기 시절의 기억이 떠올랐다. 우리 과는 40명이 정원이었는데, 그중 절반 이상이 전국 각 지방에서 나름 청운의 꿈을 안고 상경한 친구들이었다. 이 중 제주도 출신, 현씨 성을 가진 친구가 있었는데, 평소에는 서울말을 잘 쓰다가 급할 때나 무의식적일 때, "기?", "뭐랜?" "마씸" 같은 제주말을 쓸 때가 있었다. 그때마다 나를 포함한 동기들 대개가 경상도, 전라도, 충청도, 강원도 지방의 촌놈들이었음에도, 크게 웃어대 이 친구를 겸연쩍게 만들곤 했었다.

'사람들에게 제주는 어떤 의미의 섬일까? 그리고 나에게 제주는 어떤 섬일까?'

여행하기에 좋고, 한 달이나 큰마음 먹는다면 '일년살이'를 해도 좋을 섬. 더해서 경제적 여유가 있다면 작은 별장을 마련해 놓고 자유로이 떠나와 쉼과 힘을 재충전해서 다시 돌아갈 그런 곳. 인스타그램 한 페이지에 풍경과 맛집으로 남겨서 자랑할 만한 곳.

하지만 제주도를 삶의 터전으로 잡고 살아가라 한다면? 이야기가 달라진다. 귤과 삼다수 빼고는 모두가 비싼 섬. 괜찮은 직장 찾기도 힘들고 게다가 월급은 적은 섬. 섬사람 특유의 텃세를 견뎌야 하는 섬. 괸당 아니면 버티기 힘든 섬. 그래서 정착하기 쉽지 않은 섬.

새 술은 새 부대에 담아야 한다고, 이왕이면 새롭게 인생의 후반전을 살겠다면, 아는 사람 하나도 없는 낯선 섬, 제주도에서 그 삶을 살아보겠다고, 내 딴엔 큰 결단을 내렸지만, 얽어매 때때로 거추장스러웠던, 하지만 대개는 흔들릴 때마다 나를 든든하게 지탱해 준 반석 같은 사람들이 한 명도 없는 제주에서 사는 것. 그것은 자유와 설렘을 주겠지만 이에 비례한 희생을 치러야 하는 일이었다.

내가 아는 역사나 문화사 측면을 봐도 그렇다. 제주는 유배지였던 섬이었고 천형의 섬이었다. 반정으로 폐위된 광해군은 강화도를 거쳐 결국 제주도로 유배를 와 계집종의 온갖 모욕을 받아가며 쓸쓸히 죽었다. 숭유억불 조선 시대에 불교 중흥을 꾀했다는 이유로 봉은사 주지였던 보우 스님은 제주도로 압송당한 후 관리들의 괴롭힘과 건장한 장정들에게 매일 얻어맞아 결국 장살을 당했다. 당대의 천재이자 명문가 자제로 자존심 높기로 유명했던 추사 김정희는 제주로 유배를 와 가시나무로 집 울타리를 두른 위리안치형을 받은 채로 9년을 살았다. 정약용의 조카로 명문가 규수였던 정난주는 백서 사건으로 남편 황사영이 능지처참당한 후 핏덩이 아들과 제주로 유배와 추자도에서 아들 황경한과 생이별을 한 후 평생을 대정에서 관노의 삶을 살아냈다. 황소 그림으로 유명한 이중섭은 6.25동란에 제주도로 피난을 와 섶섬이 보이는 서귀포 작은 초가에서 해초와 게로 연명하며 배고픔을 견디었다.

"부는 바람 뿌리는 비, 성문 옆 지나는 길

후텁지근 장독기운 백척으로 솟은 누각

창해의 파도 속에 날은 이미 어스름

푸른 산의 슬픈 빛은 싸늘한 가을 기운

가고 싶어 왕손초를 신물 나게 보았고

나그네 꿈은 제주에서 자주 깨이네

고국의 존망은 소식조차 끊어지고

연기 깔린 강물결 외딴재에 누웠구나"

광해군이 제주에서 읊었다던 시 한구절이 떠올랐다.

'이게 뭐람?' 이런 신파조의 감정은?'

'나는 제주를, 누구도 나를 해치지 못하는 나의 도피성, 그리고 김영갑 사진가가 누비던 이어도로 꿈꾸지 않았나?'
떠나기로 마음먹었으니, 불안과 걱정보다는 기대감과 긍정의 생각이 필요했다. 맞다. 왕 '광해'는 영화로 되살아났고, 역사적으로도 현실감각이 뛰어났던 현명한 군주로 재평가되고 있다. 보우스님 역시, 요승의 이미지를 벗었고, 후대 봉은사는 서울 강남 금싸라기 한복판에서 불교의 위세를 위풍당당하게 보여주고 있다. 추사는 위리안치된 대정의 작은집에서 고졸한 맛의 추사체를 완성했고 국보가 된 세한도를 그렸다. 정난주는 관노로 여생의 전부를 살았지만 '서울 할

머니'로 존경받을 만큼 고매한 삶을 살아 후대에 천주교 성인으로 추앙받고 있다. 이중섭이 배고픔을 견디며 손바닥 크기의 은박지에 그린 그림들은 명화가 되어 값을 매길 수 없는 걸작이 되었다.

제주에서 나는 어떻게 살아야 할까? 어떤 미래를 펼쳐야 할까? 매일 행복할 수는 없겠지만, 순간순간을 기억할 정도로 충실히 살아낸다면 가족에게 그리고 나 자신에게 그래도 꽤 괜찮았던 남편과 아빠로 기억되지 않을까? 좋은 것을 원 없이 해 줄 만큼 부자아빠는 되지 못하겠지만 푸른 오름과 비췻빛 바다로 이끌어 함께 뛰노는 아빠는 될 수 있지 않을까? 아이들의 심장에 도시에서는 담을 수 없었던 자연을 담아줄 수 있지 않을까? 생각할수록 기분은 좋아졌고 마음 한 곳으로 기쁨의 소로가 터져 행복이 흘러 고여 들었다.

걱정 가득하신 부모님에게도 이 기분을 공유하고 싶었다. 그렇다면
부모님의 걱정 염려를 조금은 덜어 볼 수 있지 않을까 싶었다. 궁리
하다가 온 가족이 활짝 웃는 사진 몇 장을 간추리어 인화했다. 액자
를 여럿 만들어서 부모님 댁 곳곳에 걸어 두었다.

"아빠! 엄마! 아들, 며느리, 손자 생각나시면 사진 보고 많이 웃으세
요. 우리 행복하게 살 터이니 너무 걱정하지 마세요. 집 정리 마무
리되면 제주집으로 모실게요. 아버지, 어머니도 제주도 아들 집에서
신혼여행 온 기분을 누려보세요."

# 테트리스 게임

제주, 작은 시골 마을, 십여 평 남짓한 작은 집으로 이사를 결정한 후 아내는 본격적으로 테트리스 게임을 시작했다. 삼십삼 평 아파트 곳곳에 놓인 가구와 침대, 가전제품들을 온평리 작은 집에 배치하기 위해 종이에 도면을 그리기를 수차례, 결국 끙끙대며 앓는 소리를 내다가 연필을 집어 던지며 매번 게임에서 패배했지만 말이다. 아무리 머리를 써봐도 집을 줄여 가는 판국에 세간을 모두 가져갈 수는 없는 노릇이었다. 십 년 전 서울 변두리 외지고 작은 빌라에서 소박하게 시작했던 살림살이가 언제 이처럼 부풀어 비대해져만 갔는지, 중년이 되면서 불룩해져만 가는 내 뱃살처럼 부담스러웠다.

늘 없고 부족하다며 불평만 해댔던 내 모습이 돌연 부끄러워졌다. 버거울 정도로 참 많이도 가지고 있었는데, 우리는 가지고 있던 것

들을 온전히 누리지도 못하면서도, 늘 새롭고 더 좋은 것만을 쫓고
있었던 것이었다.

가정을 이루고 세 아이를 낳아 키우면서 자라나는 아이들과 비례해
불어난 살림살이를 하나둘씩 꺼내 정리하는 일은 우리 부부가 일주
일을 꼬박 매달려야만 했던 만만치 않은 노동이었다. 그뿐 아니라
육체적 고단함 못잖게 '버림과 남김' 사이에서 끊임없이 선택해야 하
는 정신적 피로감 역시 만만치 않아 밤만 되면 너덜너덜 흐느적대는
파김치처럼 삭아 침대에 쓰러지곤 했다. 요긴하지는 않는데, 버리려
니 아까운 물건들이 꽤 많았다. 한편에 모아보니 이내 소복한 동산
처럼 쌓여 갔다. 옷가지며 아이들 장난감, 책과 앨범 모두, 나름의
사연들이 담겨 있어서 인생의 페이지들을 기억 저편으로 넘겨 버리
는 게 쉽지 않았다. 하지만 의지를 내어 무심하게 놓아버리고자 하
니 얽어맸던 옛 모습에서 탈피한 것처럼 개운함도 컸다.

버리고 비우는 것도 연습이 필요하다. 여간해서 익숙해지지 않았지만, 의지를 내어 과감하게 버리기로 했다. 버리다 보니 삶도 컴퓨터처럼 정기적으로 포맷을 하면 얼마나 좋을까 하는 마음이 들었다. 버리고 나니 홀가분 해졌다. 당분간은 삶이 쌩쌩하게 잘 돌아갈 것 같은 예감이 들었다.

버리고 묶어 갈무리하는 바쁜 며칠을 보낸 후 드디어 이삿날을 맞이했다. 포장이사라 나름 편할 거야 생각했는데, 긴장했는지 온 가족이 아침 일찍 일어났다. 근 6년 만에 하는 이사라 더 힘든 느낌이었다. 버린다고 버렸는데도, 짐은 여전히 넘쳐났다.

이삿짐을 싸는 분들은 능숙한 베테랑들이라 아침 8시에 시작한 작업을 3시간 만에 마무리를 하고 쓱싹쓱싹 박스 포장 후 이내 짐들을 사다리차로 내리기 시작했다. 약 8톤 정도 되는 짐들이 10톤짜리 트럭 짐칸에 요리조리 차곡차곡 쌓여 갈수록, 6년을 산 아파트는 휑하니 비어만 갔다. 추억은 썰물처럼 빠져나가고 허한 느낌만 아파트 곳곳에 드리워졌다. 시원섭섭했다. 깔끔하게 비워진 집을 바라보니, 더 이상 가족의 흔적을 하나도 느낄 수 없었다. 정들었던 집이 이제 남의 집이 되었다.

'텅 빈 거실에 바람이 불고 모래언덕이 번져나갔다. 이내 아득한 사막이 자리하더니 공간은 나를 밀어내기 시작했다. 돌아보니 나는 이방인의 모습으로 사막 끝에 서 있었다.'

이삿짐을 싣고 남은 트럭의 빈 곳에 다른 짐을 실어야 바다를 건너는 여정의 수지가 맞는다고 투덜대던 트럭 기사는 미련도 없이 큰 트럭을 몰고 아파트 단지를 벗어나더니 이내 시야에서 사라졌다.

우리 가족은 이곳에서 하루를 더 머물고 내일 비행기로 제주로 내려가 온평리에서 이사 트럭을 맞이해야 했다. 집을 비웠으니 부동산에 가서 집을 인계하고 전세 보증금을 돌려받았다. 갈 곳 없어진 아내와 아이들은 근처 지인의 집에서 하루를 보내기로 했다.
마지막으로 홀로 차를 운전해 인천항으로 갔다. 자동차 역시 인천과 제주를 오가는 화물선에 태워 제주항으로 보냈다. 지하철을 타고 다시 되돌아 왔다. 정처 없는 신세가 되어보니, 오래 살아온 이 동네가 갑자기 낯설어졌다.

'이제 섬으로 가는구나! 몇 년을 살아낼까? 우리 가족에게는 어떤 미래가 펼쳐질까?' 마치 미지와의 조우처럼 설렘과 두려움이 밀물처럼 들이닥쳤다.

# PART 2.

밤 내 바람소리를 듣다가
아침, 네 얼굴과 구렛나루를 바라보니
내 일생이 거울속에 있구나
-설직의 秋朝覽鏡 중-

## 沙漠

마음속엔 늘 사막이 자리잡고 있다.

광활하고 공허하며,

때로는 뜨거운 카라부란(黑暴風)이 불고
때로는 오도오들 떨게하는 한기가 넘실대지만

캐러반들의 발자취가 넉넉한 소로가 있고
저 먼 히말라야 만년설이 모래 저 깊은 곳에서
솟아올라 오아시스를 이루는

사막, 그곳이
내 인생의 타클라마칸이다.

# 제주에 오길 참 잘했다

감귤색으로 채색한 비행기를 타고 바다를 건넜다. 제주공항에 내려서는 택시로 갈아타고 제주항에 갔다. 밤새 큰 화물선에 실려 인천에서 제주까지 먼저 내려온 자동차가 항만 주차장 한곳에서 우리를 기다리고 있었다. 항구를 빠져나와 바로 성산읍으로 향했다. 올망졸망한 아들 셋을 앞세우고 아담한 읍사무소에 들어갔다. 이내 전입신고가 이뤄졌다. 담당 주무관은 우리 주민등록증 뒷면에 '제주특별자치도 제주시 성산읍 온평상하로 ○○길'이 적힌 투명 스티커를 붙여주었다.

"입도를 축하합니다. 이제 제주도민이 되었네요."

분명 제주 사람일 공무원은 우리를 배려해서인지 또박또박 서울말로 축하의 인사를 건넸다. 의례적인 인사였겠지만 담당자의 친절함에 잔뜩 굳었던 어깨가 스륵 풀리며 '제주도민'이라는 말이 마음속에 또렷하게 각인되었다.

카메라를 좋아하던 아빠 때문에 우리 가족은 크리스마스나 새해 첫날, 아이들의 생일 등 특별한 날마다 다 함께 기념사진을 찍곤 했는데, 가족 모두의 삶이 어제와는 전혀 다르게 바뀌는 '제주 입도'를 기념하는 인증사진을 한 장 남기고 싶었다.

"제주에서의 첫날! 우리 사진 찍어야지!"

특색있는 장소를 찾다가 성산읍사무소가 큼지막하게 써진 읍사무소 정문을 배경으로 사진을 찍기로 했다.

"스마일, 김치, 치즈, 방긋방긋"

나는 가족 앞에서 기꺼이 광대가 되어 온갖 추임새와 함께 셔터를 눌러댔지만, 우리를 둘러싼 두렵고 무거운 기운을 깨뜨릴 순 없었다. 이상하리만큼 낯설었다. 남편의 카메라 앞에서는 언제나 활짝 웃어주던 아내 역시 억지웃음을 자아낼 뿐이었다. 큰아이와 둘째 아이의 표정은 무척 경직되어 있었다. 아직 세상 물정 모르는 네 살 막내만 신이 나서 여기저기를 깡충대며 뛰어놀 뿐이었다.

제주로 여행 온 것이 아니야. 이제 이곳이 우리 집이야. 새로운 삶을 시작해야 해. 찐득한 바람, 흐린 여름날의 텁텁하고 습한 햇빛 속에서 우리는 제주로의 이사를 자각하고 있었다. 아내와 아이들의 얼굴에 번져 난 오묘한 표정이 내 얼굴에도 검은 기미처럼 번져 있겠지?

전입신고를 마치자마자, 어제 부쳤던 이삿짐 트럭이 도둑처럼 들이닥쳤다. 방금까지 가득했던 감정을 추스를 새도 없이 온평리 작은 집 곳곳에 이삿짐을 부려야 했다. 정신없이 제주에서의 첫 하루가 훌쩍 지나가 버렸다.

여전히 정돈되지 못해 지저분한 방안, 사위를 눅눅하게 감싼 제주의 장마철 공기, 그리고 경황이 없어 느끼지 못했던 허기가 어둠과 함께 몰려왔다. 당이 떨어진 건지 가족들 모두가 까칠해졌다. 맛있는 저녁밥이 필요했다. 제주에서의 첫날을 우울함 속에 마무리하고 싶지는 않았다.

"제주의 첫날인데 뭘 먹을까? 노릇노릇한 흑돼지? 아니면 탱탱한 식감의 회? 그냥 구수한 고기국수?"

으샤으샤 추임새를 넣어가며 성산 읍내를 두 번이나 맴돌았다. 저녁 8시를 겨우 넘긴 시간이었을 뿐인데도, 우리를 반갑게 맞이할 식당을 찾지 못했다. 식당들 대부분이 장사를 마무리하고 폐점에 들어갔다. 어제까지 살던 도시의 식당들과는 달랐다. 허기진 배에 꼴깍대는 침을 삼키며 제주 시골로 이사 온 것을 실감했다. 도시에서는 한창 사람들이 벅적대던 골든타임에 제주 시골 읍내의 불빛들은 깜깜한 심연 속으로 사그라졌다. 시간의 관념이 다른 곳에 온 느낌이었다. 다행스럽게도 우리를 맞이해 준 부대찌개 집을 찾았다. 식당 사장님 역시 우리처럼 육지에서 입도한 지 얼마 되지 않았다 해서 신경을 써서 상차림을 내는 것 같았다. 시장이 반찬이라고 제주 입도 첫날밤에 먹은 부대찌개는 특별할 정도로 맛이 좋았다.

"맛있는데, 제주니까 더 맛있는 것 같아. 사는 것도 마찬가지일 거야. 다짐한 대로 의지를 내서 웃고, 감사한 마음으로 산다면 제주에서는 더 행복할 거야. 조급해하지 말고 느긋한 마음으로 우리, 잘 살아내자!" 배가 부르자 이내 긍정성을 회복한 아내는 나에게 용기를 북돋아 주었다.

짐을 부엌 겸 거실 한곳으로 몰아 공간을 만든 후, 온 가족이 나란히 누워 제주의 첫날 밤을 보냈다. 형광등 잔광이 사그라지자 곤히 잠든 아이들의 새근거리는 소리와 함께 천장에 붙여둔 야광별들이 하나 둘 도드라지며 빛을 발하기 시작했다. 점등인이 가로등 불을 하나둘 켰던 것처럼 과거 조각 파편들이 순간순간 내 기억 속에서 꽃을 피웠다 스러져갔다. 진한 여운은 사그러지며 복잡미묘한 감정들로 변해 내 마음 곳곳을 침노해갔다.

그간 십 년을 되돌아보니, 회사생활이 벅차다는 핑계로 아내와 아이들에게 좋은 남편, 좋은 아빠가 되지 못했다. 늘 일에 치여 살았고 어쩌다 잠깐의 여유가 생기면 나만의 동굴에 틀어박혔다. 그래야 살 것 같았고 그래도 괜찮다고 생각했다. 아내는 늘 듬직하게 나를 배려해 주었으니까. 나 좋을 때만 품에 안고 볼을 비볐던 아이들은 엄마 곁에서 씩씩하게 자라났으니까.

제주로의 이사도 마찬가지였다. 아내와 아이들의 사정은 염두에 두지 않았던 나만의 탈출구였다. 자신들의 의지가 아닌 단지 남편 때문에, 아빠 때문에, 아내와 아이들은 고향 같았던 도시의 삶과 친구들과의 인연들을 끊고 이 낯선 섬에 왔다. 그리고 다시 새로운 환경에서 새로운 사람들과 마주해야 한다. 미안한 마음이 가득 차올랐다. '나, 참 못난 남편, 못된 아빠구나.' 이제는 그러지 말아야겠다. 이곳 제주에서는 의지를 내어 변해야겠다는 마음이었다. 그것이 아내와 아이들을 향한 나의 화목제일 것이다.

며칠간 부지런하게 작은 집에 큰 짐을 욱여넣었다. 새집에 맞게 세간을 정돈하고, 온 가족이 함께 세끼 밥을 챙겨 먹었다. 손을 잡고 함께 걸어 아이들을 학교와 유치원에 보내고, 그래도 시간이 나면 부부가 동네 가까운 근처 여기저기로 마실 나갔다. 해가 지면 가로 등이 드문드문 세워진 온평리 마을에 금세 어둠이 찾아왔다. 도시인 들보다 이른 아침을 사는 마을 어르신들은 고단한 하루를 일찍 마감 했기에 낮은 담벼락 위로 비추던 실내의 등불 역시 일찍 꺼졌다. 우 리 가족 또한 제주 시골 마을의 하루에 정신없이 적응하다 보니 빛 나던 하루의 순간들을 기록하고 반추할 틈도 없이 하루를 이르게 마 감하곤 했다. 6월의 긴 하루는 제주에서 유유히 흘러갔다.

주말 저녁마다, 특별한 시간을 가져보았다. 한자리에 앉아 아빠부터 막내까지 일주일의 삶을 서로 나눠보는 시간 말이다.
"이번 주 어땠어요?"
"표선 해비치 해수욕장에서 모래 놀이 재미있었어요. 게도 잡았어."
"집에서 젠가 놀이 재미있었어요."
"엄마가 구워준 제주 흑돼지도 맛있었어요."
"엄마는 동문시장 구경도 재밌었고요. 세화해변이 좋았어요."
"음, 아빠는 1115번 산록도로 드라이브가 좋았어요."

직장생활을 하던 육지에서의 일요일 밤은 야속하게 다 흘러버린 주 말을 놓지 않고 어떻게든 부여잡고자 했던 불면의 밤이었다. 자리에 누워 '일주일간 뭐하면서 살았지?'라고 자문할 때마다 자책과 회한 으로 이불을 뒤집어썼고, 다가오는 내일을 맞이하기 싫어 새벽까지 뒤척이기도 했다.

입도한 지 얼마 되지 않았는데도 신기하게 육지에서의 불만족스러 웠던 삶은 기억의 저편으로 자취를 감추어 버렸다. 떨치지 못할 것 같았던 불면증과 어깨를 짓누르던 육신의 피로와 우울감이 거짓말 처럼 제주 바다에 이는 하얀 포말과 함께 말끔하게 사라져 버렸다. 제주에서 맞는 일요일 밤은 지난 일주일의 행복함을 반추하는 느낌 표가 되었고 새로운 일주일을 기대하며 계획하는 다짐의 시간이 되 었다. 새집에는 방이 두 개 있었지만 우리는 여전히 작은 거실에 모 여 함께 잠을 잤다. 아이들이 무탈하게 적응하는 것 같아 아빠로서 안도감을 느꼈다. 나의 행복 때문이었겠지만 아이들의 자는 모습조 차도 평안해 보여 다행이라고 생각했다. 이날은 깊은 밤 홀로 컴퓨 터를 켜고 일주일간 찍은 사진들을 꺼내 보았다. 제주를 배경으로 나와 아내, 아이들의 다채로운 표정과 일상들이 차곡차곡 담겨 있었 다. 사진을 보니 흐뭇했고 배가 불렀다. 의지를 내어 제주라는 공간 과 가족과 함께할 수 있는 시간을 산 것은 정말 잘한 일이었다.

아내와 아이들과 함께 세화해변을 걸었다. 해안도로 앞, 에메랄드 바다를 바라보며 커피를 마실 수 있는 멋진 카페가 있었는데, 큼지 막하게 써진 '제주에 오길 참 잘했다'는 문구가 눈에 가득 들어왔다. 나와 아내의 심정을 대신 말해 주는 것 같아 무척 마음에 들었다.

"제주에 오길 정말 잘했어!"
아내가 찡긋 웃어주었다.
행복했다.

# 열운이 마을 온평리(溫平里) 그리고 이평은

그동안의 관성 때문에 직장인의 삶에서 쉽게 벗어나지 못할 것이라고 생각했다. 나이테처럼 켜켜이 쌓인 상흔들이 여전히 선명했기 때문이었다. 그런데 참 신기했다. 이사 후 며칠 지나지 않았는데도 육지에서 쳇바퀴 굴리던 삶이 아주 먼 과거의 일처럼 아득해져 버린 것이다. 확실히 뭍에서 떨어진 제주라는 공간이 '절연체'로서 완벽한 소임을 하고 있는 셈이었다.

처음 맞이한 제주의 여름은 후텁지근했고 지루한 장마는 온종일 낮은 구름을 내려 온평리 바당과 성산 일출봉을 휘감고 돌았다. 집안에는 끈적끈적한 이물감이 가득했고 새로 도배를 했던 하얀 벽지에 금세 회색 곰팡이가 피어났다. 학을 뗄 정도로 징글징글할 거라고 말로만 들었지, 전혀 기대하지 않았던 바닷가 마을의 전형적인 여름이 닥쳐왔다.

그런데, 그래도 좋았다. 습하고 끈적거리는 제주의 여름! 이것도 처음 경험하는 것이었으니까, 태평양 바다를 지척에 두고 있다는 것이 더 좋았으니까. 그리고 제주에서, 온 가족이 함께 사치스러운 여유 속에서 놀고 있었으니까.

우리 동네 온평리에는 제비가 날았다. 구름이 무겁게 깔린 날에는 유독 더 낮게 날았다. 공중제비라는 표현이 딱 어울릴 정도로 제비는 마을 길에서 낮고 빠르게 날다가 급격히 솟구치곤 했다. 메이저리거 김병현 선수의 리즈시절 업슛을 보는 것 같았다. 제비와 맞닥뜨리면 매번 소스라치게 놀랐지만 색다른 기분이 들어 좋았다.

육지에서 여간 보기 힘들 정도로 사라져 버렸던 제비들이 이곳 제주에서는 비둘기와 참새를 보는 것처럼 일상적인 풍경이 되었다. 아이들에게 '물찬 제비'나 '강남 갔던 제비도 봄이 오면 돌아온다', '제비가 낮게 날면 비가 온다' 같은 잊혀만 가던 속담들을 쉽게 설명해 줄 수 있었다.

이사한 후 얼마 지나지 않아 제비 한 쌍이 우리 집 처마 한구석에 집을 지었다. 서울 사람인 아내는 제비집이 신기했던지 매일의 변화를 유심히 관찰하면서 시시콜콜하게 제비 부부의 일상을 이야기해 주었다. 암컷은 알을 낳아 품었고 수컷은 열심히 먹이를 물어 날랐다. 그리고 이내 새끼들이 부화했다.

우리 부부처럼 이 녀석들도 세 마리를 육추했는데, 사람과 마찬가지로 제비도 부모 역할을 하는 게 쉽지 않아 보였다. 아빠 엄마의 기척이 느껴지기라도 하면 눈도 뜨지 못한 새끼들은 최대한 입을 크게 벌리고 먹이를 달라 아우성을 쳤다. 바삐 벌레를 물어다 주느라 제비 부부는 쉴 틈도 없이 들판을 쏘다니다 돌아왔다. 제비 부부가 둥지에서 편안히 자지 못하고 전깃줄이나 담벼락에서 장맛비를 맞으며 한뎃잠을 자는 모습에 우리 부부는 절로 감정이입이 되어 짠한 마음이 가득할 뿐이었다.

새끼들은 무럭무럭 자라났고 제비들의 고단한 육추도 끝이 나고 있었다. 수고한 것도 없었는데도 우리 부부는 감사한 마음이 들었다. 덩치가 어미보다 커진 새끼들은 날갯짓을 하며 비행 연습을 하더니, 곧 여기저기로 날기 시작했다. 그러다 둥지를 버리고 완전히 이소한 어느 날, 텅 빈 둥지만 남겨진 모습을 보자니 마음에 복잡하고도 미묘한 감정이 잔뜩 스며들었다. 뿌듯함과 섭섭함이 묘하게 섞여 들숨과 날숨처럼 들락거렸다. 처마 한 편 제비 둥지와 온평리 마을 한 곳에 자리 잡은 우리 가족의 제주살이가 겹쳐 다가왔다.

우리도 이곳에서 아이들을 건강하고 바르게 길러낼 수 있을까? 일용할 양식과 필요한 것들을 제대로 줄 수 있을까? 새끼 제비들처럼 우리 아이들도 제 앞길을 열고 힘차게 날아오를 수 있을까? 성경 이사야서의 말씀처럼, '새 힘을 얻어 독수리의 날개 치며 올라감 같을 것이요, 달음박질하여도 곤비치 아니하겠고 걸어가도 피곤치 아니할' 소년기를 보낼 수 있을까? 자신은 없었지만 그러하기를 소망했다.

본격적인 무더위가 시작하자 동네 여기저기서 흐드러지게 피어 제주의 여름을 알렸던 수국도 화려한 절정을 고하고 하루하루 까맣게 잎을 태우며 시들어갔다. 그해 여름은 장마가 길어 대부분 날이 흐렸고 비는 주룩대며 내렸는데 가끔은 드라마틱한 하늘이 열리곤 했다.

톡 터진 구름 사이로 뽀송뽀송한 햇빛이 와랑와랑 번져날 때면 햇볕
은 행복이 되어 내 마음에도 찰랑거렸다. 어쩌다 맑게 개어 종일 푸
른 날도 있었다. 이런 날에는 카메라를 꺼내 들고 지천에 흐드러진
들꽃을 찍었다. 파란 하늘과 대비해 꽃이 지닌 나름의 원색이 주변
을 물들였다.

올레길 1코스와 2코스를 비를 맞으며, 때로는 저녁 늦거름의 소색이
는 햇빛을 받으며 걸었다. 인적 하나 없는 올레길을 걷노라면, 갑자
기 옆 수풀에서 까투리가 후드득 놀라 날아올랐다. 덩달아 놀란 나
역시도 움찔했다가 이내 "하하하핫~"하고 자지러졌다. 도시에서 느
껴보지 못했던 짜르르한 설레임이 올레길 위에 펼쳐져 있었다. 어디
서도 누리지 못할 빛과 색, 소리의 향연을 저녁 올레길에서 누렸다.

호로롱 호로롱 맑은 음색으로 노래하는 새, 끄악끄악 우는 새, 부리
가 길고 몸도 가는 새, 유독 윤이 나서 날개짓 하나에 햇살을 머금은
새, 두 발로 총총총총 뛰어가는 새, 빨간 열매를 부리에 문 새, 잠자
리를 낚아챈 새들이 내 올레길 여정을 동행해 주었다. 참새와 박새,
까치와 까마귀 정도만 구분할 줄 알았던 나는 돌연 부끄러워졌다.
길 위에서 새들과 함께 한 행복한 순간들을 나의 무지로 인해 제대
로 표현하지 못하고 그저 하나의 몸짓으로만 내게 남았기 때문이었
다. 멧새야, 딱새야, 직박구리야, 동박새야, 휘파람새야, 개개비사
촌아, 동고비야. 내가 너의 이름을 불러줄게. 너도 나에게로 와 꽃이
되어주렴.

우리 동네 온평리를 열운이라 부른다. 열운이 마을은 제주의 기원이
되는 유서 깊은 곳을 여럿 품고 있었다. 탐라국 시조인 고,양,부 삼
인이 열운이 연혼포에서 바다를 건너온 벽랑국의 세 공주를 맞이했
다. 이들의 만남을 기뻐한 하늘도 바다를 황금빛으로 물들였다 해서
황로알이라 부르는 해변이 마을 앞에 있었다. 그리고 여름이면 수국
이 화려하게 피어나 많은 관광객을 끌어들이는 혼인지에서 세 쌍은
혼례를 올리고 신방터라는 작은 동굴에서 첫날밤을 보냄으로써 탐
라국의 역사가 시작되었다 하니, 열운이 마을은 제주에서 빼놓을 수
없는 역사의 현장인 셈이다.

"잔치햄수다 먹으래옵써(잔치를 엽니다. 먹으러 오세요)."

매년 가을이 되면 혼인지 축제가 떠들썩하게 열린다. 말 그대로 동
네 큰 잔치인데, 상당 기간 잔치준비로 온 동네가 부산할 정도이다.

잔칫날이 되면 황로알부터 혼인지까지 꼬마 신랑 신부를 앞세운 퍼레이드가 시작된다. 그리고 다채로운 행사가 혼인지 마당에서 열렸다. 무대에서는 초대가수까지 불러서 마을 노래자랑이 열렸고, 아이들부터 삼춘, 동네 할망까지 온 주민들이 준비한 공연들이 연이어 신명 나게 펼쳐졌다. 잔치답게 먹거리도 푸짐했다. 혼인지 여기저기서 전을 부치고, 국수를 삶고, 소라를 직화로 구워 막걸리를 부어 마시면서 축제를 즐겼다. 또 혼인으로 탐라국의 시초를 연 의미 있는 장소인 만큼 신청을 받아 '리마인드 웨딩'을 전통 혼례로 열어주었다. 가족, 친지, 이웃뿐만 아니라 구경 온 관광객 모두에게 축하를 받는 것은 일평생 기억에 오래 남을 것이다.

동네 새내기인 우리 가족도 당당한 마을의 일원으로 혼인지 축제를 즐겼다. 나와 아내는 각자 맡은 역할 분장을 한 채 행진에 동참했다. 아이들은 학교에서 연습한 난타 공연을 축제 마당에서 선보였다. 마지막에는 경품추첨이 있어 아이들과 행운을 기대하며 끝까지 자리를 지키고 있었다. 행운이 넘쳤는지 큰아이가 대용량 제습기를 경품으로 받게 되었다. 손님이 아닌 주인으로 축제를 치르면서 제주 마을에 정착했다는 안온한 마음이 들었다. 텃세가 심할 텐데 하는 기우는 감쪽같이 사라졌다. 게다가 제습기 같은 꼭 필요한 세간까지 안겨주니, 우리 가족에게 축제는 신명 그 자체였다. 가을철 혼인지 잔칫날이 서쪽 들녘을 붉게 물들이는 석양처럼 그윽하게 익어갔다.

온평리로 이사한 지 얼마 되지 않았지만, 이내 이 마을이 참 좋아졌다. 특히, 온평(溫平)이라는 이름이 참 좋아서, 마을 이름을 부르다 보면 나도 절로 평온(平溫)해다. 그래서 '온평리 이평온'이라는 이름으로 살아보면 좋겠다 싶었다. 아버지가 지어주신 이름을 마음대로 바꿀 수는 없으니, 대신 온라인에서 닉네임으로 사용하기로 했다. 이평온이라는 '부캐'로 살아볼 요량도 생겼다. 라임도 딱딱 맞았고 내 염원을 제대로 표현하기 때문이다.

이제는 어디를 가든 이렇게 소개한다.

"안녕하세요! 온평리에 사는 이평온입니다!"
"오늘도 언제나 평온합니다. 여러분도 평온하세요!"

# 김영갑이 사랑한 용눈이 오름,
# 나도 애정합니다

오래전, 나는 대학을 졸업하고 갈길 몰라 헤매기만 했던 1년의 백수 생활을 한 적이 있었다. 그리고 마침내 취직에 성공해 우쭐대던 이십 대 후반 시절에 아내(당시 여자친구)는 입사를 축하한다며, 그 당시 한창 유행하던 똑딱이 디지털카메라를 선물해 주었다.

그때부터다. 사진을 좋아하기 시작한 때가.

사진을 찍을 때는, 뭐랄까?
한눈을 찡긋 감고 바라보는 세상은,
작지만 맑은 사각형 뷰파인더 안으로

사랑하는 사람들과 사물들이 서걱서걱 걸어 들어와
다채로운 표정과 풍경으로
나에게 말을 걸기 시작한다.

"오늘 행복하니?"

그때마다 난 늘 대답하곤 했었다.

"네. 정말 정말 행복합니다."

서른 살 넘어 첫 제주여행을 왔었다. 사진에 갓 눈을 뜬 당시라, 쨍
하고 알록달록한 이국적인 풍경에 목마르던 시절이었는데, 파란 하
늘과 뭉게구름, 에메랄드빛 바다, 초록이 넘실대는 난드르와 검은빛

빌레가 어우러진 제주의 풍경은 나를 송두리째 매료시켜 버렸다.

그래서 그 후 휴가차 며칠간 제주에 올 때마다 늘 날씨가 화창하기를 소망했다. 날씨가 궂어 햇빛이 사위면 사물들 역시 빛을 잃어 풍경들이 숨을 죽였고 그때마다 늘 아쉬움 마음으로 돌아서곤 했었다. 제주에서는 원색의 날것들이 펄떡펄떡 뛰는 풍경을 바라보기를 원했다.

하지만 제주에 살게 되면서, 비 오는 날, 흐린 날도 그 나름의 멋과 맛이 있음을 알게 되었다. 조급해하지 않고 잠깐의 여유를 가지면서 조금 더 나긋한 시선으로 바라보게 되니, 흐릿하고 희미한 가운데 제주만의 숨들이 오롯이 피어나는 것을 찬찬히 헤아려 살필 수 있게 된 것이다.

특히 야트막한 제주의 오름에서 맞이하는 바람이 좋아졌다. 안기고 싶을 때마다 어머니 품 마냥 포근하게 나를 감싸주던 오름에 올라, 풀썩 주저앉은 채로 한참을 하늘멍 풀멍을 하다 보면 바람은 잔잔하면서도 시원하게 나를 위로해 주었다.

특히 김영갑 작가의 사진에는 오름에서 맞이했던 제주 바람이 묻어 있었다. 처음 '갤러리 두모악'에 들어섰을 때, 흰 벽 한가운데 무심한 듯 걸린 채로 나를 맞아주던, 이미 돌아가고 없는 작가의 시선 따라 멈춘 중산간 오름의 풍경은 뭐랄까? 둔탁한 나무망치로 변해 수없이 내 심장을 퍽퍽 때려대는 기분이었다. 6×17 판형의 파노라마 사진 안에 담긴 날것의 제주 풍경은 내가 원하던 원색의 날것은 아니었을망정, 왠지 모를 애절함과 고독, 그리고 바람 따라 흩날리는 자유가 담겨 있어 나를 미치게 했다. 나는 둔지오름을 바라볼 수 있는 구름언덕에서, 용눈이 오름의 고운 능선에서, 여전히 산담이 바둑판처럼 반듯하게 누워있는 중산간의 들녘에서 김영갑의 사진을 떠올리며 그도 맞았을 바람을 함께 맞고자 했다.

김영갑 작가를 더 알고 싶어서 그가 쓴 글들과 남긴 사진들을 탐독했었다. 김영갑의 제주를 만날 수 있을까 하는 기대에, 그의 발길이 닿던 동부 중산간의 난드르를 시도 때도 없이 헤맸다. 정처 없이 걷다 작가가 멈춰 카메라로 담던 풍경을 마주했을 때는 마음이 벅차올랐다. 사진기를 들었지만 김영갑 같은 사진은 담을 수 없었다. 그래도 괜찮았다. 제주에 살게 되었으니까! 나의 시간은 제주에서 흐를 테니까. 살다 보면 나만의 제주를 내 사진에 담을 수 있을 테니까.

여전히 제주에 살면서 시시때
때로 마음이 움직이면 오름을
오른다. 물론 해무가 불어닥쳐
인적조차 희미한 숲길을 걷는
것처럼 어설퍼 감히 그렇다고 단언하기 조심스럽지만 그래도 이제
는, 김영갑의 제주를 나도 맛보고 있다고, 조금은 그의 시선을 느낄
수 있다고 말하고 싶다.

제주에 입도하자마자 아내와 아이들에게도 이러한 제주를 소개해
주고 싶어서, 김영갑 사진가가 가장 오래 머물렀다는 용눈이 오름을
함께 올랐다.
고독하겠지만 방랑할 수 있고, 배고프겠지만 자유로운, 섬사람들과
동화되고 싶지만 때로는 뭍사람으로 살아야 할 제주살이를 용눈이
오름에서 함께 느끼고 싶었다. 비록 아이들은 오름의 부드러운 능선
과 솟구치다 꺼져버린 굼부리보다는 오름에 사는 벌레와 풀에 더 관

심을 가졌던 하루였지만, 아내와 아이들과 함께 걸었던 짧은 시간의 추억이 훗날에 서로가 제주의 순간을 공유하도록 당겨주는 굵은 세 겹줄이 되었으면 좋겠다.

# 가난했지만 행복했어요, 그해 여름

회사를 관둔다는 것은 생각하지도 못한 일이었다. 학창시절 난 부모님과 선생님 말씀을 잘 듣는 착한 '범생이'였고 회사에서도 '예스맨'으로서 맡겨진 일을 충실히 하는 타입이었기 때문이다. 내가 보기에도 고루한 면이 있었다. 그런데도 나는 보수적이고 상명하복이 지배하는 회사문화 속에서, 일과 사람들에게 받는 스트레스를 적절히 풀어내지 못했다. 해가 갈수록 얼굴은 점점 굳어갔고 까맣고 얼룩덜룩한 기미가 광대뼈 위로 바짝 오르기 시작한 내 모습을 거울 앞에서 마주할 때마다, 이러한 내 모습이 마음에 썩 들지 않았다.

인생이 여든이라면, 이제 나도 절반을 산 셈이었다. 게으르게 살지는 않았는데 썩 만족스러운 삶은 아니었다. 피로에 찌든 채로 출퇴근을 위해 올림픽대로를 달리다 보면 내 인생 후반전은 낯선 곳에서 새롭게 살아보고 싶다는 마음이 가득 넘쳤다. 축구경기에서도 치열한 45분의 전반전이 끝나면 15분 이내의 하프타임을 갖는다. 선수들은 쉬면서 활기를 재충전하고 전반전을 복기하며 새로운 전술과 파이팅으로 후반전을 준비한다.

열렬한 K리그의 팬인 나는, 지리멸렬하게 전반전을 보낸 팀이 하프타임 동안 '퍼거슨의 헤어드라이어'가 되었든 '서정원의 치어업'이 되었든 간에 무엇인가 큰 자극을 받고 나와 짜릿한 후반전 대역전극을 일구는 것에 큰 카타르시스를 느껴왔기에, 내 인생 역시 극적인 반전을 이룰 만한 하프타임이 있기를 갈구했었다. 그리고 이왕이면 마음속 이어도로 품고 있던 제주에서 내 인생의 변곡점이 될 만한 아름다운 커브를 틀고 싶었다.

회사에서 육아휴직은 언감생심이었다. 사실 버티기 힘든 마음을 객기로 포장해 회사를 그만두려고 했었는데, 아이 셋을 키워야 하는 외벌이 아빠인 나에게 무척이나 겁이 나는 일이었다. 그래서 마음속으로 갈팡질팡 반복하다가 나름 비빌 언덕이라고 법이 보호해 주는 육아휴직 제도를 이용해 보기로 한 것이다. 그만두는 것과 잠시 쉬는 것은 엄연히 다른 영역에 속하는 것이었으니까. 남녀를 통틀어 그간 육아휴직을 사용한 직원이 한 명도 없었던 회사였지만, 다행히 휴직을 승인해 주었다.

안다. 나의 빈자리, 인원 충원도 없어 버거웠을 텐데도, 내 일을 대신 떠맡고 임원들을 설득해서 승인을 받아준 팀장의 희생이 있었다는 것을. 그래서 여전히 미안하고 고맙다.

쉬는 것이 간절했었기에 휴직하는 동안 무엇보다 무위도식하기로 했다. 피곤이 누적되어 곪아 터진 번-아웃에서 벗어나기 위해서는, 오래 아무것도 하지 말아야 한다는 의사의 조언이 있었다. 놀다 보면 병으로 스며든 우울감을 떨칠 수 있을 듯 했고, 건강한 육체에 건강한 정신이 깃들 듯 생계를 해결할 수 있는 굿-아이디어 역시 얻을 수 있을 것 같았다. 혹시 아나? 뜬금포 터지듯 제주에서 새롭고 근사한 직업을 찾게 될지? 나도 인간극장의 주인공이 될 수 있을지?

그러나……. 냉혹할 것이라 예상은 했지만, 훨씬 가혹한 현실이 하루하루를 압박해 왔다. 더이상 월급을 받지 못하자, 별다른 자산이 없던 우리 부부는 금세 바닥을 드러낸 계좌 잔액을 보며 조바심을 냈다. 씩씩하고 쾌활해서 바가지 한 번 긁어본 적 없던 아내는 설거지를 하다가 '아으 동동다리'라며 시름을 얹고는 해, 남편된 입장으

로 참 안쓰럽고 민망해졌다. 생계만큼 가장의 발뒤꿈치를 무는 뱀이
어디 있을까. 우리는 무엇으로 일용할 양식을 구해야 할까?

살기 위해, 입도하자마자 서귀포시 고용복지센터를 찾아가 육아휴
직 수당을 신청했다. 당시 월 백만 원이 최고한도였는데, 여기에서
15만 원은 복직 후 6개월이 지나면 일시불로 줄 수 있다면서 휴직
기간에는 차액만을 입금해 주었다. 감사했고 다행이기는 했지만 5
인 가족이 생활하기에는 크게 부족한 돈이었다. 자초한 일이었으니
어쩔 수 없었다. 살아내려면 씀씀이를 줄이고 허리띠를 졸라야 했
다. 육지에서는 어린이집에 보냈던 네 살 막내를 제주에서는 직접
가정에서 돌봤다. 아내는 아이 적응이라는 핑계를 둘러댔지만, 직접
돌봄을 하게 되면 정부가 20만 원을 직접 지원해 주는 것에 혹했기
때문이다. 짠내가 날수밖에 없는 살림에 이 지원금은 무척 요긴한
돈이었다.

"우리가 돈이 없지, 시간이 없냐"
영화배우 황정민의 명대사를 슬쩍 바꿔서 마음의 위안으로 삼았다.
돈 대신 시간을 사기로 한, 소기의 목적을 충분히 달성한 셈이었다.
이제 시간을 금쪽처럼 써야 하는 새로운 목표가 생겼다.

'하루하루 충실하게 놀며, 신나게 살기'

두 아이가 등교를 하면, 아내와 함께 막내 아이를 데리고 매일 여행을
떠났다. 우리에게는 딴딴한 다리가 있었고 또 제주도에는 돈이 없어

도 향유 할 수 있는 근사한 풍경이 많았으며 도민을 우대해 특별히 할인해 주는 관광지도 많았다. 교통체증이 덜한 제주도는 넓지 않아서, 짧은 몇 시간의 여정임에도 육지의 하루 여행과 맞먹는 풍성함을 누릴 수 있었다.

육지에 살 때는 종일 국토를 횡단해야 볼 수 있었던 드넓은 수평선을 가진 바다가 지척이었고, 이름난 동남아 관광지에 가야만 만날 수 있는 비췻빛 고운 모래사장을 품은 바다를 인근 마을인 하도리와 세화리, 김녕리 어디에서든 호젓함 속에 만끽할 수 있었다.

동네에서 가까운 성산 일출봉과 지미오름, 말미오름, 대수산봉을 수시로 오르내렸다. 점차 다리에 힘이 붙었고 기분 좋은 바람이 불어올 때면, 동부 중산간의 용눈이오름과 손지오름, 백약이오름과 좌보미오름, 높은오름과 아부오름, 동거문이오름과 문석이오름, 다랑쉬오름과 돝오름, 안돌오름과 밧돌오름, 영주산과 매오름을 걸었다. 새벽녘에는 이슬을 머금은 소슬한 바람이 불었고 석양이 질 때는 햇살을 실은 산들바람이 불었다.

잘 정돈된 숲을 걷고 싶을 때면 피톤치드 향이 넘치는 비자림에 갔다. 천년 고목 비자나무가 군집하여 숲을 이룬 길에 친절하게 깔아 준 야자 매트를 밟는 느낌은 환상이었다. 비가 오는 날에는 사려니 숲을 또박또박 걸었다.

하늘로 경쟁하듯 뻗은 삼나무 주변으로 운무가 스며들 때는 신령스러운 땅에 발을 디디고 숨죽여 나무가 내뱉는 숨소리에 귀 기울이곤 했다. 가끔은 곶자왈을 걸었다. 교래자연휴양림에서 시작해 큰지그리오름을 잇는 숲길을 걷고 있노라면 태고의 제주에 온 것 같은 기분이었다.

원시림 같은 사시사철 푸른 난대림들이 얽히고설켜 자라는 땅에 양치식물들은 낮게 잎을 내어 퍼져 있었고 물기를 머금은 이끼들은 바위들을 푸르게 수 놓았다. 아이 주먹만 한 달팽이가 느릿느릿 기어가는 것을 나긋한 시선으로 바라보다가 선심 써 주는 척 한 뼘 앞으로 옮겨 주면서, 나의 작은 수고로 달팽이 이 녀석 한 시간의 수고를 덜어주었다며 혼자 기분 좋아하기도 했다.

검은 현무암으로 투박하게 쌓은 밭담이 구룡만리 구불구불 이어진
뱅듸길도 자주 걸었다. 걷다가 수확이 다 끝난 밭에서 놈삐(무), 당
근, 지슬(감자), 감저(고구마) 파치를 얻어와 저녁거리로 다듬었다.

어촌계에서 구쟁이(뿔소라) 작업할 거라고 해녀 할망들 모이라고 동
네방송을 한 날에는, 바당으로 물질 나간 나들가게 해녀 삼춘이 구
쟁이 한 소쿠리를 가져다 주시곤 했다. 마트에서 사지 않고 구한 싱
싱한 식재료로 아내와 함께 요리해 온 가족이 함께 둘러앉아 밥을
먹었다. 우리 가족은 그간 누려보지 못한 온전한 식구가 되어 성찬
을 즐겼다. 육지에서 누릴 수 없었던 제주가 주는 행복이었다.

가난한 삶이었지만 제주에 살아서 행복감이 더 큰 일상을 누렸다.
아마 마음에 풍성한 제주가 차고 넘쳤기 때문이었을 것이다. 주말에
는 이발비를 줄이려 아내가 문구용 가위와 빗 하나로 더부룩한 아이
들 머리카락을 손질해 주었다. 빨간 보자기를 두른 채로 차례차례
순서를 기다리는 긴장한 아이들을 바라보며 사진으로 남기는 추억

도 소중하고 즐거웠다. 다행히 아이들도 만족해서 아내는 제주에서
그간 모르던 재능을 찾았다며 행복해했다.

"다음은 당신 차례야"는 아내의 엄포에 나는 "미안, 옆집이 미용실
이야"라며 줄행랑을 쳤지만 말이다.

살아보니, 살아졌다.

그게 삶인 것 같았다. 온평리의 평온한 일상이었다.

# 보말잡고 조개캐고 문어도 잡고

아들 셋 낳은 애국자는 되었는데, 아이들에게 친구 같은 다정한 아빠는 되지 못했다. 회사 일이 힘들다는 핑계로 대부분의 육아를 아내에게 맡겼다. 작은 체구의 아내는 힘든 내색도 없이 세 아들을 순풍순풍 낳았고 분읏값 걱정 없도록 모유만으로 아이들을 무럭무럭 키워냈다. 아이들이 자라자 파워레인저 로봇의 변신과 합체도 뚝딱뚝딱 잘 해냈고, 베이블레이드 역시 누구보다 잘 돌리는 만능 엄마가 되었다. 돌이켜보니 힘들지 않게 키워낸 것이 아니라 늘 힘들어했던 남편을 위한 아내의 전적인 헌신과 인내의 결과였다.

바보처럼 난 아내의 희생을 당연하듯 여겼고 선심 쓰듯 가끔 아이들과 놀아주는 것만으로 아빠의 역할을 다했다고 뿌듯해했다.

부끄러웠다.

제주에서는 달라진 남편과 아빠가 되고 싶었다. 같이 놀아주고 몸으로 부대끼는 아빠가 되고 싶었다. 하지만 내향적인 성향과 금전적 부담으로 많은 준비가 필요한 캠핑, 낚시, 스노클링 같은 야외 활동은 엄두를 내지 못했다. 대신 주변에서 쉽게 접하고 가볍게 할 수 있는 소소한 체험부터 시작했다.

깊고 검푸른 물결 위로 크고 검은 바윗돌이 거칠게 맞물린 온평바당에는 보말이 지천이었다. 겅중겅중 갯바위 여기저기를 뛰어다니면 인기척에 놀란 갯강구들이 부산하게 몸을 숨겼고, 엄지손가락 크기의 작은 게들도 재빠른 게걸음을 놀려 바다로 풍덩 사라지곤 했다.
바닷물이 빠져나간 현무암 틈새에서 아이들과 함께 서툰 손짓으로
보말을 부지런히 떼어 가득 담았다. 가끔 소라게가 집으로 삼은 빈
고둥까지 소쿠리에 담긴 했지만, 한 소쿠리 가득한 양만큼 아이들
표정에도 신기함과 뿌듯함이 가득했다. 아내는 보말로 우려낸 바다
내음 진한 수제비를 저녁 밥상에 올렸고 이날만큼은 입 짧은 아이들
도 국사발을 손에 든 채 '후루룩 후루룩' 제주의 바다를 들이켰다.

아이들이 채집활동에 흥미를 느끼자, 제주에서는 성산포 바당에서
만 할 수 있는 조개 캐기에도 도전했다. 제주는 갯벌이 없어 서해안
처럼 조개를 캘 수 있는 뻘밭이 없는데, 둑길로 막아놓아 토사가 쌓
인 오조리 앞 바당에는 조개가 살고 있어 마을에서 체험장을 조성해
놓은 것이다. 오일장이 열린 고성리 장터에 가서 세 갈래 갈고리 호
미를 산 후, 썰물 때에 맞춰 바당에 들어섰다.

파도가 없는 바당은 잔잔해 호수 같았고, 발목이 들어날 정도로 물
이 빠진 바당에는 많은 사람이 쪼그려 앉아 동그란 파문을 일으키며
바닥을 긁어 조개를 캤다. 우리 가족도 한쪽을 차지하고선 찰랑찰랑
대는 바닷물 아래 바닥을 갈고리로 긁어 대었다. 이내 작고 뽀얀 조
개들이 딸려 나왔다. 아이들은 환호성을 지르며 잡은 조개를 손바닥
에 올려 살펴보다가 준비해 온 바구니에 담았다. 어디서 그런 에너
지가 솟아나는지 아이들은 주변 바닥을 쉴새 없이 긁어댔다. 그리고
아이들의 수고만큼 바구니에 조개를 한아름 담아올 수 있었다.

집으로 돌아오자마자 아이들은 곧바로 노곤한 낮잠에 빠져들었지만
일어나자마자 엄마가 차려준 해감한 조개와 채로 썬 애호박 올린 칼
국수에 환호했다.
막내아이도 고사리 손으로 입 벌린 조개 속살을 빼먹으며 칼국수 한
그릇을 깔끔하게 비워냈다. 흥이 남았는지 설거지까지 서로 하겠다

고 해서 왁자지껄 흥겨운 밤을 보냈다. 다시 곤하게 세상 행복한 표
정으로 꿈나라에 빠져든 아이들 옆에 모로 누워 아내는 말했다.

"제주 잘 왔지?"

우리가 매주 일요일 예배하던 온평교회는 온평마을 큰 도로에서 한
편 벗어난 작은길 옆에 나직이 자리해 있다. 일요일 11시, 많지 않은
동네 성도들이 모여 무반주로 찬송하고 목사님의 설교로 들으며 예
배를 드렸다. 그리고 함께 점심밥을 먹었다. 다리를 접고 펴는 사각
형 밥상을 나란히 펴고 밥과 국, 소찬으로 먹는 밥상에서는 이야기
꽃도 도란도란 피어났다. 어느 날, 매콤하고 맛있는 문어볶음이 밥
상에 올랐다. 온평리에는 '순덕이네'라는 문어볶음 잘하는 동네 맛집
이 있는데, 이 집 못지않은 매콤하고 쫄깃한 문어볶음 덕에 나도 모
르게 밥 한 그릇을 뚝딱 비워냈다.

"목사님. 문어가 귀하고 비싼데, 맛있게 먹도록 준비해 주셔서 감사
해요."

맛있게 먹었지만, 한편으로는 걱정도 되었다. 교회 형편이 어려운
걸 빤히 아는데, 문어는 어떻게 구했을까? 하는 염려 때문이었다.

"집사님. 문어는 제가 직접 잡았어요. 바닷물 빠지는 밤에 나가면 문
어를 잡을 수 있어요. 해루질 같이 나가볼래요?"

목사님의 뜻밖의 제안에 귀가 솔깃해졌다. 낚시를 좋아하는 지인들은 멀리 가지 않고도 마음껏 낚싯대를 드리울 수 있다고 해서 나의 제주살이를 부러워했지만, 낚시와 나는 맞지 않았다. 여러 채비를 갖추는 것도 번거로웠고, 미끼를 끼우고 밑밥을 뿌리면서 쉼 없이 챔질하며 보내는 시간이 그리 재미있지 않았다. 그런데 해루질은 왠지 재미가 있을 것 같았다.

깜깜한 얕은 바다에서 불빛을 비춰 문어를 찾는 일, 운이 좋아 문어를 발견한다면 갈고리 단 막대로 건져 올리는 일이 나의 원시적인 본능을 자극했다. 더해서 운이 좋아 큼지막한 문어를 한두 마리라도 건져 올릴 수 있다면, 다음날 의기양양하게 가족이 둘러앉은 식탁에 부드럽게 삶아 먹기 좋게 자른 문어 숙회를 초장과 함께 내놓을 수 있을 거란 기대감이 부풀어 올랐다. 물고기는 그리 좋아하지 않는 아이들도 감칠맛 도는 문어에는 엄지를 척 올려 왔기에 가족의 밥상을 책임지는 멋진 아빠가 될 수도 있었다.

"목사님. 저도 함께 가요!"

목사님 조언에 따라 해루질 장비를 주문했다. 바다에 들어가도 젖지 않을 가슴장화와 밝은 헤드랜턴을 주문했다. 그리고 투명 아크릴로 만든 해루질 수경과 문어를 낚아 올릴 집게도 구했다. 나름 만반의 준비를 마친 셈이다.

드디어 문어를 잡을 결전의 날이 왔다. 이른 저녁에 잠을 조금 자두어야 한다고 했지만 설레는 마음에 날을 꼬박 새웠다. 한밤, 보통 7물에서 9물 사이 바닷물이 가장 많이 빠지는 간조 전후 네 시간 정도가 해루질하기에 가장 좋은 시간이었다. 자정쯤 되었을까 칠흑같이 어두운 바다로 나아갔다. 캄캄한 바다가 그르렁댔다. 나이 먹으면서 사라져갔던 겁이 덜컥 났다. 그래도 일행이 있어 다행이었다. 헤드랜턴을 켜니 동그랗게 밝은 세상이 드러났다. 비싼 값을 하는 것 같아 기분이 좋았다.

당연한 말이겠지만 문어를 많이 잡기 위해서는 우선 문어가 많이 사는 포인트를 찾아야 한다. 사람도 먹을 게 많고 편하게 쉴 수 있는 곳에 터를 잡듯이, 문어 역시 먹잇감인 게와 성게 등이 많고 숨을 곳이 넉넉한 바위가 많은 바다에 산다고 했다. 목사님은 낮에 이런 포인트를 물색해 두었고, 무릎 정도 차는 얕은 곳에 투명한 수경을 띄운 채로 문어들을 찾았다. 나는 반대 방향으로 나아갔다. 파도로 일렁이는 바다에 큼지막한 수경을 띄우니 랜턴 빛에 바닷속이 거짓말처럼 투명하게 보였다.

바위틈에서 작은 물고기들이 잠을 자고 있었다. 빛을 따라 은빛 풀치들이 재빠르게 유영하며 다가왔다. 허리를 굽힌 채 낮은 바다 곳곳을 헤쳐가며 문어를 찾았다. 문어는 보호색으로 이리저리 모양을 바꾸는 변신의 귀재라 나 같은 초보의 눈에는 문어가 잘 보이지 않았다. 한참을 뒤져도 찾을 수 없었다. 그런데 고수인 목사님은 신기할 정도로 문어를 쉽게 건져 올렸다. 집게로 문어를 잡아채 수경 위로 올려놓으면 문어는 먹물을 쏴대며 길고 질긴 다리 빨판을 한껏 벌려 달라붙은 채로 최후의 저항을 했다. 부러운 마음으로 바라만 보다 나도 힘을 내어 수면 위로 수경을 밀며 문어를 찾아다녔다.

'오늘 꼭 한 마리는 잡으리라!'

허리가 아프고 약간의 현기증도 어지럽던 순간, 문어를 봤다. 문어를 처음 발견한 순간, 내 혈관으로 폭발한 아드레날린이 넘쳐 흘렀고 방금 느꼈던 육신의 고통은 포말처럼 싹 사라져 버렸다.

문어다. 그것도 엄청 큼지막한 문어였다. 문어는 이 구역의 포식자였는지 바위틈에 숨어있지도 않고 바위를 올라탄 채로 먹잇감들을 노리고 있었다. 물이 무릎 정도 찬 낮은 바닷속 검은 바위에서 이놈을 발견했을 때 숨이 멎은 듯했다. 흥분한 마음을 진정시키고 집게도 필요 없이 손을 뻗어 문어를 낚아챘다. 문어는 다급히 빨판으로 바위에 붙어 보았지만 흥분된 내 완력을 이기지 못하고 수경 위로 내팽개쳐졌다.

집에 와서 무게를 달아보니 800g이 넘는 대물이었다. 피곤을 잊은 채 두 시간 동안 바다 위를 헤맸고 첫날 두 마리를 더 잡을 수 있었다. 나를 이끌었던 목사님은 수고했다면 자신의 망에서 두 마리를 더 내어주셨다. 가족들이 고단하게 잠든 새벽녘, 피곤했지만 기쁜 마음으로 집으로 향했다. 간단하게 손질을 하고 어느 날보다 달콤한 꿀잠에 빠져들었다.

다음날 팔팔 끓는 큰 솥에 문어를 삶았다. 여덟 개의 다리가 연분홍빛으로 익더니 곧 화려한 문어꽃이 피었다. 도마에 올려 푸짐하게 잘라 문어 숙회로 올렸다. 아빠부터 어린 막둥이까지 배부른 만찬을 즐겼다. 늦은 밤에는 문어라면도 끓였다. 얇게 썬 문어다리를 겨우 몇 개 올려 만원 넘게 받는 무늬만 문어라면이 아닌 진짜 문어가 가득 담긴 라면을 끓였다. 배부르다며 야식은 사양한다는 아내도 젓가락을 들고 만찬의 향연을 함께 했다. 여덟 개 아니 다섯 개의 문어다리 마냥 온 식구가 식탁에 딱 달라붙었다. 오가는 젓가락질 속에 행복의 파도도 들락거리는 밤이었다.

---

※ 제주도는 "마을어장에서의 어업조정, 수산자원의 번식 보호 및 건전한 조업질서 도모를 목적으로 2021년도 4월부터 비어업인의 밤에 하는 해루질을 금지했습니다.(제주특별자치도 고시 제2021-83호). 이 글의 소재인 해루질은 제주도 고시 이전의 사건임을 밝힙니다.

# 바당과 오름에 넘실대는 바람

나는 산골소년이었다. 고원지대, 사방이 산이었던 분지에서 중학교까지 다녔다. 분지의 하늘은 조막손만 했다. 사춘기 시절, 시각과 청각, 촉각에 감수성이라는 미세한 세포가 예민하게 커가면서 바다, 초원, 사막 같은 미지의 세계를 동경하기 시작했다. 특히 여태 경험해 보지 못한 '광활'한 곳에 서서 수평선이나 지평선 너머로 장엄하게 떠오르는 태양을 바라보고 싶었다. 마음속으로만 상상하던 바다를 처음 품은 것은 중학생 시절 수학여행을 갔을 때였다. 부산 몽돌해변에서 처음으로 마주한 푸른 바다는 감성 가득했던 사춘기 소년의 마음을 요동치듯 흔들어 놨다. 바다가 사춘기 소년의 심장에 크게 여울졌는지, 지금도 가끔은 파도에 밀려 와글와글 굴러가던 자갈소리가 환청처럼 들려 온다. 이처럼 바다를 좋아하던 내가, 이보다 멋진 바다를 매일 볼 수 있다니!

온평리에 살면서 매일 바닷가에 갔다. 아침 일찍 일어나면, 부스스한 얼굴로 슬리퍼를 끌며 포구로 나갔다. 바다는 물때에 따라 해안도로 턱밑까지 밀려와 부서지기도 했고 먼 곳으로 물러나 시커먼 현무암들을 이빨처럼 내보이며 으르렁 대기도 했다. 햇빛이 좋으면 은빛 비늘들을 반짝였고 날이 궂으면 드리운 낮은 구름처럼 잿빛으로 납작 엎드리곤 했다.

바다는 바람을 불어 일으켰다. 바람에 취할 때면 온평포구 방파제 끝자락에 자리한 먼 등대까지 취한 듯 걸어갔다. 등대에 기대 먼바다에서 불어오는 바람을 온몸으로 맞았다. 바람이 들숨과 날숨으로 폐부에 들락거렸다. 바람으로 상쾌해졌고, 행복감이 충만해 배가 불렀다.

지루한 6월의 장마철을 보내자 한여름이 성큼 다가왔다. 그해 여름은 70년 만에 최고의 폭염이 닥쳐왔다고 연신 떠들썩할 정도로 더운 나날이었다. 창고를 개조해서 만든 작은 우리 집은 창문이 작아 환기가 잘되지 않았고 작렬하는 한여름 햇빛에 금세 푹푹 찌는 찜통이 되곤 했다. 방학 동안 아이들을 포함한 온 가족이 종일 집에서 무더위를 견뎌내야만 했다. 총각 시절부터 사용해 왔던 족히 이십 년은 더 되었을 덜덜거리는 신일 선풍기 하나를 틀어놓고 아이들은 팬티만 입은 채로, 나도 윗옷을 벗은 반바지 차림으로 더위와 싸우다가 지칠 때는, 시원한 에어컨 바람을 찾아 성산일출 도서관으로 피서를 했다. 열대야가 기승을 부리면 타들어가던 낮의 열기가 채 빠져나가지 못한 집에서 밤 내 뒤척이다가 시원해지는 새벽녘이 되어서야 겨우 잠을 이룰 수 있었다. 도무지 더위를 견딜 수 없던 날에는 집 마당에 돗자리를 깔고 자다가 동틀 무렵 부지런히 걷기운동에 나선 주인 할아버지의 인기척에 화들짝 놀라 깬 적도 있었다. 이때만큼은 에어컨을 틀고 시원하게 살던 육지의 아파트 삶이 간절히 그리웠다.

그래도 주어진 환경에서 감사하며 여름을 살아내야 했다. 높은 습도와 무더위가 빚어내는 불쾌감에 제주에서 누리고 있던 행복감을 잠식당하고 싶지 않았다. 혹시라도 깨진 유리창 이론처럼 작은 균열이 난 마음에 정제되지 못한 불만과 아픔들을 버리다가 큰 쓰레기 더미로 자리 잡지 않을까 하는 노파심 때문이었다. 그래서 아침 일찍 혹은 해거름이 되면 오름에 올라갔다. 제주 곳곳에 360개가 넘는 오름들이 산재해 있지만, 나는 한라산 동쪽 중산간 지역의 오름군을 그중 유별나게 좋아한다. 이제는 너무 유명해서 새벽부터 저녁까지 탐방객들이 끊이지 않는 용눈이오름부터 아부오름, 다랑쉬오름, 따라비오름, 높은오름, 안돌오름, 밧돌오름 등등…… 풍경도 빼어나지만 부르기만 해도 기분이 좋아지는 이름까지도 예쁜 오름들은 한여름에 지친 나를 매번 이끌었다.

오름은 혼자 오를 때 더 좋았다. 능선을 따라 굼부리에 오르면 먼 한라산이 성큼 다가서고 푸른 초장 같은 중산간 난드르에 바둑판 격자무늬로 반듯반듯 심어진 삼나무 군락들이 나를 반겨주었다. 굼부리를

한 바퀴 돌며 360도 파노라마 풍경을 구경하다가 특히나 맘이 드는 곳이 있으면 풀썩 주저앉아 오름에 부는 바람을 맞았다. 제주 생활의 절정이 오름에서 펼쳐졌다.

어느 날 오후, 더위를 무릅쓰고 나란히 붙어 있는 백약이오름과 동거문이오름, 문석이오름을 연이어 올랐다. 백약이오름 입구에 주차하고 천천히 사뿐사뿐 오름들을 오르내렸다. 이 세 개의 오름은 각자만의 특색이 유난하여 지루하지 않았다. 원형의 굼부리를 가진 백약이, 마소를 풀어 방목하기 좋아 목동이 자기 이름을 가져다 붙였다는 문석이, 가파르게 굽이쳤다가도 넓은 난드르를 토해놓듯 펼쳐놓은 동거문이. 이날은 동거문이 오름에서 보는 전망이 특히 환상적이었다. 더해서 치솟은 둔덕을 오르니 바람까지 시원하게 불어 땀이 송글송글 난 내 이마를 닦아 주었다. 아름다운 풍경은 내 시각을, 청아한 바람은 내 촉각을 올올이 일깨웠다.

바람, 돌, 여자가 많아 삼다도라 하는 제주에, 좀체 바람이 없다가 드디어 바람이 왔다. 바다가 센 바람을 일으켜 남에서 북으로 불어 오니, 거짓말처럼 이글대던 더위도 한풀 잦아들었다. 멀리서 태풍이 오고 있었지만, '이젠 좀 살겠네' 하는 가까운 안도감이 더 좋았다. 오랜만에 더위 때문에 뒤척이지 않고 푹 잘 잤나 보다. 아침 5시, 알람 소리에 깊은 잠에서 깼다. 바람 소리가 났다. 바람이 집 앞 큰 나무를 밤내 흔들어 댔는지, 바람이 바다를 뒤집어 놨는지, 벼락같은 소리가 났다가 '우수수수' 소리로 잦아들기도 하다가 그렇게 내 귀에 메아리로 남게 되었다.

바람을 품은 바다를 보러 가자. 새집 머리를 긁적이면서 포구에 나갔다. 파도가 거세게 몰려왔다 방파제에 부딪혀 큰 포말을 일으킨 후 사라졌다. 그런데, 집중해서 보고 있으면 파도는 잦아드는 게 아니라 계속하여 끊임없이 스스로를 복제하여 나에게 다가왔다. 그냥 쓰나미처럼 나를 덮칠 것 같은 생각에 이내 겁이 나기 시작했다. 미명에 그렇게 바람맞은 바다를 보고 와서 다시 잠이 들었다.

오후 늦게까지 바람은 멈출 줄 몰랐다. 바람이 바다를 뒤집었나 포구에서 낚시하는 동네 삼촌들의 손놀림이 부산하다.

미끼를 꿰어 큰 호를 그리며 낚싯줄을 날려 보내고, 떡밥을 뿌려댄 후, 얼마 지나지 않아 돌돔을 낚아채더니, 이제는 벵에돔을 끌어올린다. 풍어다! 멀리서 구경만 하던 내게도 짜릿한 손맛이 전해져 왔다.

# 삼각봉 대피소의 찐 달걀 두 개

"제주에 가면 뭘 하고 싶어?"

"난 한라산에 갈 테야. 한 번 말고 여러 번, 계절마다 코스별로 이곳 저곳 구석구석 다닐 거야. 폭우가 쏟아져 백록담이 찰랑거리는 모습도 보고 싶고, 산철쭉 만발한 천상의 화원 6월의 선작지왓도 걷고 싶어. 사위가 온통 눈으로 하얀데 검은 남벽이 우뚝 솟은 윗세오름에도 내 발자국을 남겨 보고 싶어."

제주 이주를 결정한 후 아내와 꿈꾸듯 나눈 이야기에서 내 안에 한 라산이 크게 자리하고 있음을 알게 되었다. 늙으신 부모님이나 아이 들과 함께한 가족여행 때는 입맛만 다시며 발길을 돌려야 했던 한라 산 산행을 이제는 동네 뒷산 가듯 갈 수 있다는 것이 무척 좋았다. 해발 1947M의 화산봉우리, 육지의 다른 산에서는 볼 수 없는 화산 이 내놓은 풍경들, 대한민국에서 가장 높은 산, 제주도 어느 곳에서 도 위풍당당한 모습을 볼 수 있는 제주의 어머니 산.

제주에 태풍이 몰아치고 며칠이 지난 어느 늦은 밤, '한라산에 장대
비가 내렸으니 백록담에도 물이 가득할 것 같은데! 내일 한라산이나
올라갈까?' 하며 즉흥적인 산행을 결정했다. 오가는 자동차 기름값
을 아껴본다면서 성산에서 관음사 초입까지 버스를 타고선 말이다.

지금 생각해 보면 무슨 배짱이었는지, 우리나라 가장 높은 산에 가
는 길이었는데도 마치 동네 뒷산 가듯이 배낭에 생수 한 병만 담은
채로 아침 일찍 버스정류장으로 향했다. 아침밥도 굶은 채로 버스를
기다렸는데, 시작부터가 난관이었다. 40분을 기다린 후에야 버스를
탔다. 버스는 중산간 길과 삼나무 숲길을 한 시간 정도 달려 제주국
제대 입구에 나를 내려주었다. 이곳부터 관음사 탐방로 초입까지는
여전히 5KM를 더 가야 했다. 버스도 없었고 호기로운 마음에 무작
정 걷기 시작했다.

오전 하늘은 파랗다 못해 검푸르렀고 녹음은 싱그러웠다. 걷는 길
왼편으로는 세미양 오름이 솟아있었고 오른편으로는 제주 북쪽 바
다가 드넓게 펼쳐져 있었다. 혼자 노래를 흥얼거리며 걷는 곳도 잠
시, 얼마 지나지 않아 여름 햇빛으로 달궈지는 오르막 아스팔트길
위에서 난 프라이팬의 계란 프라이 마냥 노릇하게 구워졌다. 이내
챙겨 온 물 한 통을 다 비웠지만 길은 끝이 없었고 난 터벅대며 걸었
다. 하허호호 번호판을 단 렌터카들은 그런 나를 비웃듯이 쌩쌩, 씽
씽 속도를 올리며 내 옆을 지나쳤다.

고생 끝에 관음사에 도착하니 벌써 허기가 졌다. 그래도 일주문부터 천왕문까지 백 미터가 넘는 길 양옆으로 작은 불상들이 도열해 앉은 모습은 장관이었다. 무엇보다 불상들이 과하고 화려하지 않고 소박한 모습이라 좋았다. 단아한 불상들을 자세히 보니 닮은 듯, 모두 다른 옷과 다른 손모양으로 조각이 되어 있었다. 단, 제주도라 그런지 하루방들도 쓰고 있는 현무암으로 만든 거칠고 무거운 갓을 모두 머

리에 이고 있었는데, 요즘 복장으로 치면 말끔한 정장에 시골 농부의
밀짚모자를 쓴 어색한 모양새였지만, 이상하게도 참 잘 어울렸다.

관음사에서 한참을 머문 후 한라산 등산 초입인 관음사지구탐방지
원센터까지 걸었다. 시간은 한참이나 흘렀고 얼마 전 제주를 휩쓴
태풍으로 낙석이 발생, 정상까지는 갈 수가 없었다. 어쩐지 그 시간
입산하는 등산객이 하나도 없나 했다. 무지함으로 생긴 당황스러운
상황이었다. 동네 뒷산 가듯 사전 준비 하나 없이 왔던 내 모습이 한
심스러웠다. 그래도 여기까지 왔는데, 그냥 돌아설 수는 없는 노릇
이라 삼각봉 대피소까지라도 가자 싶어 나 홀로 걷기 시작했다. 우
리나라 3대 계곡 중 하나라는 장엄한 탐라계곡 옆으로 난 길을 따라
한라산을 올랐다. 며칠 전 큰비가 내려서 물이 크게 흐를 줄 알았는
데, 섬이 비를 싹 빨아들였는지 내창에는 각양의 용암 돌만이 이리
저리 구르다 서 있었고 커다란 아가리를 벌린 괴는 텅 비어 있었다.

삼복더위가 푹푹 찐 무더운 날, 먹지도 마시지도 못한 채 아스팔트 길을 내쳐 걸어 소진된 힘은 가파른 등산로에서도 좀체 회복되지 않았다. 조릿대가 그윽하게 펼쳐진 길을 지나 해송이 시원하게 하늘로 뻗은 숲에는 고요함만이 가득했다. 이 좋은 길을 나는 기진맥진한 채로 걷고 쉬기를 반복하며 극기훈련 하듯 올랐다.

새벽에 집을 나섰는데, 오후 한 시 넘어 삼각봉 대피소에 이르렀다. 정말 바보였던 것 같다. 육지 큰 산 대피소처럼 그리고 윗세오름 대피소처럼 이곳 삼각봉 대피소에서도 먹는 것을 파는 줄로 알았다. 그래서 주린 배와 목마름을 부여잡고 '대피소만 가면 컵라면과 시원한 물을 마실 수 있어.'라고 스스로 다독이며 이 산을 올랐는데 말이다. 아무것도 없는 텅 빈 대피소에서 난 실망감에 실신하듯 쓰러져 버렸다. 이제 더이상 날 지탱할 힘이 없었다. 한참을 널브러져 있는데, 이 모습이 처량하고 딱해 보였는지 국립공원 관리원이 다가왔다.

"이거라도 드실래요?. 먼저 온 등산객이 주고 간 것이에요."

안쓰러운 표정으로 내민 삶은 달걀 두 개와 커피 한잔을 무시로 날씨가 변해 삼각봉을 휘감는 산안개의 춤사위를 바라보며 마파람에 게눈 감추듯 먹어치웠다.

신기했다. 힘이 하나도 없어 쓰러져만 있고 싶었는데, 달걀 두 개의 힘으로 다시 한라산을 내려올 수 있다는 것이. 그리고 버스 정류장까지 걸었다. 버스를 타고 온평리 집에 돌아오니 해는 져서 어둑어둑한 밤이 되었다.

한라산 정상 근처도 가지도 못했다. 물 가득한 백록담은 언감생심이었다. 무지와 자만이 초래한 실패한 산행이었다. 그런데 의욕이 솟구쳤다. '꼭, 꼭 한라산 정상에 오를 테야!' 아내는 내 하루 고생담을 듣고, '으이구! 준비 좀 하고 가지'하며 고소한 표정을 지은 채 큰소리로 웃었다.

"그래도 나 뱃살 빠진 것 같지 않아?
뱃살 빼는 데는 등산이 최고네!"

# 이과수 폭포는 못 보더라도,
# 엉또폭포

"그거 알아? 제주에 엄청난 폭포가 있다는 거?"

"응? 천지연폭포 말하는 건가?

"아닌데!"

"그럼 정방폭포?"

"에이! 굉음도 엄청나고 나이아가라 폭포 못지않은 장관이래!"
"뭐랜! 말도 안돼! 그럼 세계 3대 폭포야? 빅토리아, 나이아가라, 이
과수 폭포는 내가 들어봤다. 그런데, 제주 어디에 그런 폭포가 있어?"

있다. 제주도에. 세계 4대 폭포가.

물론 허풍과 비약이 크기는 하지만, 엉또폭포를 본 사람들은 '세계 4
대 폭포'를 봤다고 모두 엄지를 치켜세웠다. 서귀포 여기저기를 쏘
다니면서 제주의 3대 폭포라는 정방폭포와 천지연폭포, 천제연폭포
를 몇 차례 보러 갔다. 예로부터 제주도민들이 백중날 물 맞았다는
소정방폭포에서 더위를 날리기도 했다. 육지에서 볼 수 없었던 수직
으로 떨어지는 호쾌한 물줄기들을 보고 있노라면 기분이 상쾌해졌
다. 특히 내를 이뤄 흐르다 높은 곳에서 낙하하여 바다로 빨리듯 사
라지는 정방폭포는 내 최애 나들이 장소였다.

제주 곳곳에 부지런히 발자국을 남기며 돌아다니던 나도 엉또폭
포는 듣도 보도 못한 곳이었다. 게다가 아무리 우스갯소리라지만,
나이아가라, 빅토리아, 이과수 폭포와 비견되는 세계 4대 폭포라
니...... 정말 이런 폭포가 있나 싶었으나 의문은 곧바로 풀렸다. 엉
또폭포는 보고 싶다고 해서 아무 때나 볼 수 있는 장관이 아니었다.
그래서 제주를 짧게 여행하는 관광객들이 절벽에서 쏟아져 내리는
엉또폭포의 세찬 물줄기와 마주할 기회를 얻기 힘들 것이다.
그래서일까? 더 과장되고 신비의 베일에 싸여 엉또폭포는 '세계 4대

폭포'라는 어마어마한 타이틀을 얻었을 수도 있겠다.

호기심에 이끌려 먼 서귀포까지 엉또폭포를 보러 갔다. 당연히 폭포를 볼 수 없었다. 뙤약볕만 가득 내리쬐는 인기척 없는 관람대에서 허탈하게 돌아섰다. 한라산에서 발원하는 제주 대부분의 내창들이 건천(乾川)인 것처럼 엉또폭포 역시 평상시에는 마른 절벽일 뿐이었기 때문이다. 한 번은 꽤 많은 비가 내렸다 해서 다시 엉또폭포를 보러 갔다. 그날도 역시 꽝이었다. 몇 줄기 물줄기가 줄줄 흐르는 풍광은 내가 기대했던 엉또의 모습과 비교해서 꽤 실망스러웠다.

그때야 알았다. 일 년에 몇 차례, 뉴스에 나올법한 큰비가 한라산에 내린 후에야, 엉또폭포가 말 그대로 '터진다'는 것을. 태풍이 왔고 한라산에 엄청난 폭우가 내린 다음 날, 비로소 '터진' 엉또폭포 앞에 설 수 있었다. '터진' 엉또폭포는 장관이었다. 우르릉 우르릉 굉음을 내며 지축을 울렸고 물보라가 일어 전망대까지 하얗게 밀려왔다. 폭포 앞으로 일곱색깔 무지개도 피었다. 짧은 순간이었지만 엉또폭포는 세계 4대 폭포의 위용을 과시했다. 온몸이 촉촉하게 젖었고 내 마음 역시 제주섬이 품고 있는 비경의 아름다움에 푹 젖어 버렸다.

"정말 잘 왔어. 제주에"
"오래 머물지 못했다면 볼 수 없는 풍경들을 보여줘서 정말 고마워."

# 승드래곤 투어 오픈

9월. 여행하기 좋은 계절이 왔다. 맑은 날이 연이어 계속되고 아침 저녁으로 선선한 바람이 불기 시작했다. 바람은 고온다습한 제주 한 여름에 시들어 늘어졌던 나를 소생시키듯 폐부 깊숙이 시원함을 선 사해 주었다.

꽤 많은 가족과 친구들이 제주를 찾아왔다. 잊지 않고 연락을 주어 감사했다. 육지를 떠나 제주에 이주한 선배들 이야기에 따르면 이주 민들에게 삼삼법칙이 있다고 했다. 제주에 온 지 석 달, 그리고 삼 년 즈음에 다시 육지로 돌아가고픈 향수병 같은 게 찾아온다는 것이 다. 잘 이겨내면 계속 제주에서 사는 것이고 그렇지 않으면 다시 예 전 살던 곳으로 돌아간다고 한다. 우리 가족이 입도한지 석 달, 딱

외로운 타이밍이었는데, 다행히도 우리를 찾는 손님들 덕분에 향수병을 앓지 않았다. 비좁은 우리 집이었지만, 가족들이 여행을 오면 집으로 모셔 같이 먹고 같이 잤다.

친구들은 근처 호텔에 머물도록 하고 하루라도 일정을 함께 했다. 입도한지 오랜 시간이 지나 제주가 삶의 터전이 된 지금은 누가 돈을 많이 준다 해도 못 할 정도로 손님맞이는 버거운 일이었지만, 그때는 친한 사람들을 맞이하고 함께 여행하는 것이 좋았다.

"제주 어디를 가면 좋을까요? 뭐가 맛있어요?"를 묻는 반가운 사람들에게 "승드래곤 투어"를 추천했다.

"제가 가이드 겸 사진기사로 동행하는 승드래곤 투어를 추천합니다. 함께 여행하지 않을래요?"

나중 생각해 보니, 입도 석 달 된 햇병아리가 제주를 얼마나 안다고 그리 자신만만하게 이야기했는지 부끄럽지만, 그때는 좋아하는 사람들에게 내가 아는 제주의 비경과 맛집들을 소개하고 같이 누릴 수 있다는 게 무척이나 뿌듯한 일이었다. 더해서 아름다운 풍경을 배경으로 사랑하는 가족과 친구들을 곱게 사진으로 담아줄 수 있다는 것이 참 행복했다.

먼저 장모님과 처남 가족이 왔다. 아내의 절친 가족도 왔다. 큰누나 가족도 다녀갔다. 교회에서 함께 교사생활을 했던 박쌤 모녀도 다녀갔다. 친했던 회사 후배도 초대했다. 아이들 유치원 친구 엄마들이 아이들과 함께 제주를 찾아 아이들이 같이 어울려 놀기도 했다. 제주에 와서 우리를 잊지 않고 연락을 해주었다. 공항에 나가 비행기를 타고 오는 지인들을 기다릴 때는 마치 내가 여행을 떠나는 것처럼 마음이 설렜다. 왜 이리 제주 곳곳을 보여주고 싶었는지 벅차보일 빡빡한 일정을 소화하고는 했다.

가령 이런 식이었다. 새벽에 일어나 광치기 해변에서 성산 일출봉

위로 솟는 일출을 본 후, 지미오름을 올라 올망졸망 보이는 종달리와 우도를 품은 동쪽 바다를 바라보았다.

아침을 먹고 두모악 갤러리나 자연사랑 미술관에서 김영갑과 서재철의 제주 사진들을 소개했고, 성읍 민속마을이나 표선의 제주민속촌으로 안내했다. 가시리 나목도식당이나 세화리 한아름식당에서 점심을 먹고 따라비오름을 올랐다. 남원과 위미로 내려가 한반도 지형 올레길을 걷고 영화 건축학개론의 배경이었던 서연의 집에서 커피를 마시며 하루를 마무리했다. 등산을 좋아하는 분들과는 한라산에 갔다. 다들 마음속 한편에 한라산 정상에 오르고 싶은 욕구들이 있어 힘든 표정 없이 씩씩하게 올랐다. 귀가하는 길에 원앙폭포에서 발을 담근 채 잠시 쉬면 하루 걸은 피로가 싹 씻기곤 했다.

비가 오면 우의를 입고 사려니숲길을 걸었다. 때로는 서귀포를 지나 산방산이 있는 대정읍까지 가기도 했다.

폭포 투어로 정방폭포와 천지연폭포, 천제연폭포를 거쳐 갯깍 주상절리와 동굴을 다녀왔다. 차로 올라갈 수 있는 군산 정상에서 시원한 전망에 탄성을 질렀다. 사계 해변과 송악산 둘레길에서 제주의 가을을 만끽했다.

일이 바빠서 여름휴가도 못 갔다는 회사 후배가 단 하루 휴가를 내어 제주에 왔다. 종일 일을 마치고, 밤늦은 시간에야 제주에 도착했다. 석 달 동안 나는 변했는데, 회사는 여전한 모양이었다. 회사의 인사과장을 맡은 그의 어깨에는 피곤함이 가득 앉아 있었다. 예전 내 모습이 겹쳐 보였다. 난 이 후배보다 일을 처리하는 그릇이 작아서 항상 피곤했었다.

그에게 휴식이 되고 싶었다. 흑돼지구이가 맛있는 식당에 가서 저녁을 먹고 한천과 바다가 만나는 용연다리 근처 방파제에 앉아 일렁이는 밤바다를 바라보며 맥주를 마셨다. 바다는 지치지도 않는지 깊은 심연에서 토해내는 파도 더미를 끊임없이 방파제로 몰아붙였다.

9월의 밤바다가 불어내는 바람은 시원했다. 큰 물고기들이 펄떡펄떡 뛰어올랐다. 중국 단체 관광객이 묵는 저렴한 시내 호텔을 잡아 같이 하룻밤을 잤다. 아침에 일어나니 창가 멀리 이호 테우 바다가 보였다. 후배는 바다를 보는 게 행복하다고 했다. 아침을 먹고 쪽빛 바다가 펼쳐진 협재해변에 갔다. 해수욕장이 아닌 부둣가 등대 앞에 걸터앉아 한참이나 바다를 바라보았다. 청아한 바다는 빨갛게 실핏줄이 터진 중년의 시큼한 눈에 생기를 가져다주었다. 해녀 할망들이 하는 식당에서 뿔소라와 멍게 등 해산물을 먹었다. 오후에는 같이 금오름을 올랐다. 바닷바람만큼 시원한 오름의 바람이 우리를 맞이해 주었다. 굼부리를 한 바퀴 돌며 멀리 한라산부터 서쪽 바다까지 파노라마 사진을 찍었다. 후배의 핸드폰에는 한라산과 제주의 넓은 들이 여러 장의 사진으로 뭉게뭉게 흐르고 있었다. 그리고 애월 한담해변의 봄날 카페에 가서 커피를 마셨다.

후배와는 회사에서 커피 친구였다. 일하다가 스트레스를 받으면 눈 신호를 보내서 종이컵 두 개와 맥심 봉지 커피 두 개를 챙겨 회사 옥상에 가곤 했다. 달콤 쌉싸름한 인스턴트커피 한잔과 회사와 상사의 뒷담화를 하면서 스트레스를 풀고는 했다. 이제는 함께 카페에 앉아 해가 뉘엿거려 애월 비췻빛 바다를 은빛으로 물들이는 풍경을 바라보고 있자니 여러 상념이 스쳐 흘러갔다. 휴직 후는 어찌할지, 다시 육지로 올라가 복직해야 할지 아니면 회사를 관두고 제주에서 새로운 일을 시작해야 할지, 어떤 삶을 살아내야 행복할 수 있을지……

마음은 복잡했지만 그래도 이날의 오후는 그냥 좋았다.

# 몽케지 말앙 한저 다르라

제주에 온 후 나의 일상에 아이들의 학교가 들어왔다. 육지에서는 아이들 학교 운동장이 아파트 베란다에서 빤히 보이는 학세권에 살았음에도 시간이 없다는 핑계로 아이들 대소사를 오롯이 아내에게 맡겼었다. 시간과 마음에 여유가 생기니 나들이를 겸해서 아이들의 손을 잡고 등하교를 함께 했다.

학교로 가는 길은 십분도 걸리지 않는 짧은 길이었지만, 아이들은 아빠와 함께 걷는 등하교길이 흥이 나는 모양이었다. 팔을 앞뒤로 씩씩하게 흔들며 뛰고 걷는 모습에 나도 덩달아 힘이 솟았다. 등하교길에서 다른 아이들과 학부모들을 자연스레 마주치며 친해졌다. 온평리의 작은 학교에는 60명도 되지 않는 아이들이 있었다. 우리처럼 다자녀로 구성된 가정이 많아 가구수로 치면 20~30가정 내외

였고 온평리 원주민과 새로 육지에서 온 입도민의 비율이 반반 정도
되었다.

7월의 어느 날, 학교는 금요일 저녁부터 1박2일간 열리는 열운이 가
족캠프를 운동장에서 열었다. 전교생이 모여 운동장에 텐트를 치고
포트락 파티로 캠프를 시작했다. 이튿날까지 아이들은 학교 곳곳을
누비며 여러 미션을 수행했고 운동장에 모여서는 명랑운동회를 열
었다. 부모들은 삼삼오오 모여 신변잡기부터 자기네 살아온 인생 스
토리까지 서로 이야기꽃을 피웠다. 입도한지 얼마 안 된 신참내기였
기에 우리 부부는 주로 듣고 궁금한 것을 묻는 시간이었다. 삼사십
년 짧은 인생인데도, 이웃들은 어쩜 이리 파란만장한 사연들을 품고
있는지, 그리고 그네들의 제주살이 역시 우여곡절로 가득한지, 밤이
깊이 무르익는지도 모르고 이야기에 흠뻑 빠져들었다. 우리 가족의
제주살이는 어떤 모양으로 흘러갈까? 한편으로는 살짝 걱정도 되었
지만 기대감이 샘솟았고 먼저 입도하여 누구나 겪을 어려움을 먼저
견뎌낸 이웃들의 삶의 흔적을 좇을 수 있었기에 무척이나 유익한 시
간이었다.

전학 온 지 며칠 지나지 않아 아이들은 1학년부터 6학년까지 전교
생 이름을 다 알았고 누가 형제고 자매인지, 어디에 사는지를 빤히
알게 되었다. 인원이 적으니 재미있게 놀기 위해서는 누구나 어울
려 놀아야만 했다. 부모로서 감격스러웠던 건 학교 내 모든 선생님
들, 하물며 교장 선생님까지도 우리 아이들의 이름을 다 기억해주고

만날 때마다 살갑게 인사를 해 준다는 점이
었다. 하교길에서 우연찮게 만났는데도, "아
버님, 빈이랑 결이가 요망지네요"라고 칭찬
해 주었을 때는 아이들이 학교에서 관심과
사랑 안에서 존중받는다는 느낌이 들어 무
척 감사했고 안도했다. 남들에게 말은 '아이
들을 자연 속에서 뛰어놀게 하고 싶어서 제
주에 갑니다'라고 했지만, 사실 나름의 생각
이 있는 아이들의 동의도 구하지 않은 전학
이었기에 늘 미안한 마음뿐이었는데, 낯선
환경에서도 아이들은 무럭무럭 잘 자라나는
것 같아 행복하고 기뻤다.

가을이 성큼성큼 다가온 개천절, 학교는 가
을운동회(열운이 한마당 큰잔치)를 열었다.
작은 학교의 소박한 운동회였지만 아이들과
학부모, 그리고 마을의 어른들도 함께하는
큰 잔칫날이기도 했다. 그래서 시대가 변했
어도 여전히 많이 사람들이 참석할 수 있는
공휴일에 운동회를 개최한다고 했다.
육지에 있을 때는 한 번도 함께 하지 못한
아이들 운동회였기에 아빠로서 기대감이 컸
다. 아침 일찍 일어나 아내와 함께 점심밥으

로 먹을 김밥을 함께 말았다. 간식거리와 음료도 전날 하나로마트에서 장을 봐 왔다. 네 살된 막내도 설레는지 엄마가 깨우지 않았는데도 일찍 일어났다.

학교 정문에 운동회를 알리는 현수막이 걸렸다. 운동장에는 만국기가 펄럭였고 단상 주위로는 천막이 둘러쳐졌다. 유치원생부터 6학년 아이들까지 모두가 열운이팀과 혼인지팀으로 나눠 열띤 운동회가 본격적으로 열렸다. 아이들 수가 많지 않으니, 열리는 종목마다 아이들이 모두 뛰어야 했다. 말 그대로 잘하나 못하나에 상관없이 모든 아이가 쉴 없이 뛰어야 하는 운동회가 열리고 있었다.

"엄마, 이전 학교에서는 달리기 한번 하고 기다리는 시간이 많아 재미가 없었는데, 여기는 모든 종목에 다 나가니깐 엄청 재미있어!"

큰아이의 말처럼, '바람처럼 번개처럼' 달린 개인 달리기 종목이 끝나면 정성 들여 준비한 학년별 퍼포먼스가 열렸고 다시 전교생이 줄다리기로 힘을 겨뤘다. 목청 높여 신나게 노래하는 응원전 속에 학부모와 아이들이 릴레이로 달리며 미션을 수행하는 '달려라 황금마차'가 진행된 후 마을 어르신들에게 선물을 드리는 '대어를 낚아라'라는 이벤트 게임이 이어졌다. 유치원 아이들의 '체조하고 춤추자', 고학년 게임 '무한도전 줄넘기 빙고', 모두가 우산을 들고 춤추며 함께 어우러진 '오늘은 좋은 날', 저학년 아이들이 펼친 '007 런닝맨', 다시 유치원생들의 장애물 탈출 달리기 '빨래 끝', 고학년 아이들의 '당신은 어디 있나요' 등등 운동장에서는 끊임없이 아이들과 학부모들이 달리고 구르며 함박웃음을 지었다.

나 역시 학부모들의 릴레이 달리기인 '청춘달리기'에 주자로 뛰게 되었다. 운동에 도통 소질이 없었지만 아이들 앞에서라면 뒤처지는 아빠가 되고 싶지 않았기에 전력으로 달렸다. 열정만 앞서 다퉈 달리다가 발이 엉켜 다른 주자가 넘어지는 안타까운 일이 생겼지만 그래도 아이들 앞에서 1등으로 들어올 때 느꼈던 의기양양함이란! 지금까지도 짜릿한 기억으로 남아있다.

'몽케지 말앙 한저 다르라(느리게 말고 어서 달려라)'

마지막으로 운동회의 절정인 전교생 이어달리기가 이어졌다. 유치원 동생부터 시작된 달리기가 6학년 형아 언니들까지 바통이 건네지며 이어졌다. 10월의 파란 제주 하늘 아래 초록 천연 잔디밭과 황토색 우레탄 트랙 위에서 '열운이팀'과 '혼인지팀'은 앞서거니 뒤서거니 전력으로 뜀을 뛰었다. 아이들과 학부모 모두 달리기에 빠져들어 응원과 함성은 높아만 갔다. 특히나 우리 아이들인 결이와 빈이가 뛰는 순간에는 나도 모르게 주먹을 불끈 지고 "달려 달려" 목청을 높여 소리쳤다.

운동회다운 운동회를 한 느낌이었다. 운동회가 파하고 귀가하자마자 가족 모두가 노곤함에 곤한 잠에 빠져들었다. 온평리의 밤이 스르륵 지나갔다.

# 누구나 다 속사정이 있다

사람들은 호기심 덩어리다. 모두가 관계있는 다른 이들의 삶에 관심이 많다. 물론 나도 그렇다.

제주에 이주한 후 한동안, 가족, 친구, 이웃, 지인들을 만날 때면 끊임없는 설명을 해야만 했다. 육지 사람들에게는 '왜 제주에 갔는지, 제주에서 어떻게 살고 있는지?', 제주 사람들에게는 '왜 제주로 왔는지, 육지에서는 어떻게 살았는지?' 우리 가족을 아는 사람들에게 우리의 제주살이는 충분히 호기심 거리가 될 만했다.

"인생 후반전을 잘 살고 싶어서 잠시 쉬러 가요. 직장은 육아휴직 했고요. 살림 정리해서 지금은 제주도 성산일출봉 근처, 마당 있는 시골 마을에 살아요. 초등학교, 유치원, 어린이집 다니는 아들이 셋 있는데요. 천연잔디 깔린 예쁜 학교에 보내요. 한 학년에 열 명 안되는 작은 학교, 교장 선생님이 아이들 이름을 다 알고 계시더라고요. 시골이라 학원도 없고요. 아이들은 그저 마음껏 뛰어놀아요. 우리 부부는 뭐…… 아이들 학교 보내고 제주 여기저기를 유랑하며 잘 지내고 있어요."

꾸미고 단장한 이야기에 우리 집 속사정을 모르는 사람들은 호들 갑스럽게 우리를 부러워했다. 바쁘게 돈을 벌고 힘들게 아이들을 키워내야 할 마흔 초반의 나이에 마냥 쉬려고 제주도로 이주한 우리 부부를, 누구는 믿을 구석이 있는 경제적 여유가 있는 부류로, 누구는 아이들 교육에 소신 있는 가치관을 가진 사람들로 오해하곤 했다.

아니다. 나는 십 년 넘게 한 회사만 우직하게 다녔던 소심한 월급쟁이였고, 하루하루 버겁다는 핑계로 인생 설계는 언감생심이었던 대책 없는 사내일 뿐이었다. 아이들 교육 역시 남들과 다를 바 없었다. 부담되는 교육비와 아이들이 뒤처지면 어쩌지 하는 근심 사이에서 태권도와 피아노, 유치원, 어린이집으로 적당히 타협을 본 보통보다 못한 부모였을 뿐이다.

마음에 병과 번-아웃까지 겹친 직장생활이었음에도 사표 던질 용기
도 없던 못난이 가장이었기에 육아휴직을 핑계로 제주로 도망치듯
이주를 했다. 제주가 주는 싱그러움에 정신은 이내 치유가 되었고
부풀었던 뱃살이 쏙 들어갈 만큼 몸도 건강해졌지만, 마음 한구석에
는 늘 '앞으로 뭐 먹고 살지?' 하는 걱정거리를 큰 혹 마냥 매달고 살
았다. 돈이 없으면 물질의 바다에서 허우적대는 것은 육지나 제주나
마찬가지였다.

온평리 시골 마을에는 우리처럼 아이들과 함께 이사를 온 육지 출신
의 가정이 여럿 있었다. 언뜻 보기에 이들 가족 역시 걱정 근심이 없
는 태평한 삶을 사는 것처럼 보였다. 옆집 승주 아빠는 곰 같은 딴딴
한 체형의 소유자였는데, 입꼬리가 항상 올라가 있는 웃는 상이어서

만날 때마다 기분이 좋아졌다. 승주 엄마가 직장생활을 마무리하는 과정에 있어 혼자 세 아이를 돌보고 있었는데, 주말이면 아이들과 여유롭게 캠핑도 다녔고, 손이 커서 가끔은 한 냄비 가득 담긴 맛있는 음식을 아이 통해 전달해 주기도 했다.

한여름 맹렬한 햇빛만큼 까만 학부모가 있어 물어보니, 스노클링과 서핑에 빠져있다고 했다. 노아 엄마는 사려니 숲을 좋아해 일주일에도 몇 번씩 숲길을 걷는다고 했다. 겁 많아 혼자 걷기 무서워하던 아내는 노아 엄마를 따라 숲길을 다니며 숲과 편한 사람이 주는 안도감에 정서적 치유를 받곤 했다. 이제는 절친이 된 승헌이네 가족은 승헌이 엄마가 아이들을 돌보고 있으면 주말마다 승헌이 아빠가 와서 완전체 가족이 되었다. 주말마다 승헌이네 가족은 부지런하게 제주 곳곳을 쏘다녔다.

마을에서 만난 이웃들은 우리가 제주의 삶을 새롭게 볼 수 있는 일종의 창문이었다. 이 창을 통해 다양하게 펼쳐진 제주의 인생을 볼 수 있다. 작은 마을, 작은 학교에서 만났지만, 아이들은 각양각색의 모습으로 자라고 있었다. 표면적으로 보기에는 다들 유쾌해 보였고 하릴없고 걱정 없는 가족들 같았지만, 시간이 흘러 속내를 조금 내보일 만큼 친해지자 내 부족함과 상처만큼 대부분 가정 역시 아픔과 말 못 할 속사정들을 안고 있었다. 일부는 제주에서 아팠던 상처를 치유하고 있었고 더러는 상처가 아물기는커녕 덧나 곪는 아픔을 감내하고 있기도 했다.

제주 작은 마을, 작은 학교에 학생들을 유치할 요량으로 집을 저렴하게 빌려주었던 동네 사정상 이런저런 이유로 싼 집을 찾는 가정들이 다수 모였기에, 육지에서 하던 사업이나 가게가 어려워 정리하고 제주를 찾은 가장들도 있었고, 다니던 회사를 관두고 온 아빠들도 있었다. 이들 또한 나처럼 제주를 풍성히 누리고 있었지만, 나만큼 '생계'에 대한 걱정들을 한아름 안고 있었다. 엄마와 아이들만 내려온 경우도 많았는데, 대개 아빠들은 육지에서 돈을 벌다가 주말이나 대소사가 있을 때 휴가를 내고 제주에 내려왔다. 이런 가정들은 대다수가 아이들이 초등학교를 마치면 다시 육지의 집으로 돌아갈 계획이었다. 그만큼 제주정착은 쉽지 않은 일이었다.

아픔이 가득한 집들도 많았다. 부모가 이혼 후 내려온 가정도 있었고, 이런저런 이유로 아이들이 육지학교에 적응하지 못하자 제주로 내려온 경우도 많았다. 할머니가 전적으로 맡아 키우는 조손가정도 있었다. 아이들은 제주에서 천진난만하게 자연을 벗 삼아 뛰놀았지만 결핍과 무관심 속에 방치되는 면도 있었다. 아이와 함께 귀가하려고 운동장에서 큰아이가 학교를 파하기를 기다리던 어느 날, 운동장에서 놀던 아이들끼리 나누던 욕지거리에 화들짝 놀랐다. 제주 할망 입에서나 들을 법한 사투리 섞인 찰진 욕설을 올망졸망한 아이들이 대수롭지 않게 주고받는 모습에 문화충격에 빠졌다. 민망함을 넘어 아빠 없는 곳에서는 우리 아이도 저런 욕설을 입에 담는 건 아닐까? 하는 걱정이 크게 들었다.

얼핏얼핏 보면 다들 여유롭게 보였지만 살짝만 들춰보니, 모두 짠한 속사정들이 있었다. 이웃들은 서로의 속내를 나누며 서로의 상처를 보듬고 옹이처럼 단단한 결속을 이루기도 했지만 때로는 다가서다가 상대의 날 선 가시에 찔려 아파하기도 했다. '사람 사는 세상은 어디든 똑같구나' 체념하기도 했다. 그래도 좋았던 것은 우리 가족의 아픔을 제법 잘 어루만져 준 오름과 바당, 한라산과 숲이 지척에 있었기에 제주에 사는 것이 감사했다.

"여전히 자신이 만족스럽지는 않지만 난 나를 사랑해. 그래서 스스로 보듬고 하루를 더 알차게 살고 싶어. 이것이 제주에서 사는 이유 같아."

나도 남에게 말 못 할 속사정은 여전히 해결되지 않았지만, 제주에 산다는 이유로 얼굴에 웃음꽃이 피었다. 파안대소하는 것은 이제 내 몫이라 생각하고 왠만하면 크게 웃었다. 그러니 더 행복해졌고 감사한 마음이 가득 들었다.

제주에서의 삶은 그렇다.

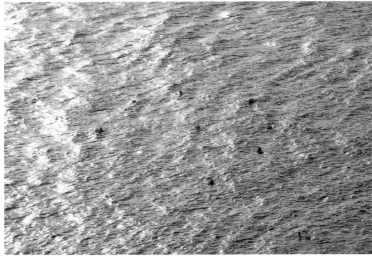

# 금빛 향연, 억새와 함께 춤을

11월, 억새는 바람에 춤을 춘다.

제주 섬의 오후, 해가 뉘엿거리며 서쪽으로 기울기 시작하면, 동쪽 수산리 난드르를 가득 메운 억새꽃들이 볕을 등진 채 눈부시게 피어 났다. 햇빛에 찬란하게 부서진 억새꽃은 화선지에 먹물 스미듯 아늑한 온기로 사위를 채워주었다. 아무도 없는 난드르의 외딴 길 위에서 나는 왠지 기분이 좋아 억새의 하늘거림에 맞춰 폴짝폴짝 뜀을 뛴다. 나긋한 낭만 속, 황금빛으로 일렁이는 내 마음을 피사체에 투영하여 카메라로 담아보고 싶었지만 졸렬한 내 시선과 기술로는 향긋한 이 느낌을 담을 수 없었기에 안타까웠다.

그래도 좋았다.

햇빛과 바람, 흔들리는 억새밭에서 나는 춤추고 있었으니까.

제주에서 살아보니, 섬을 만끽하기 가장 좋은 시기는 11월의 늦가을
이다. 날은 청명하고 쾌적하며 시원하다. 하늘은 높고 말은 살찐다
는 옛말을 제주에서는 실감할 수 있다. 좋은 시절, 단풍을 휘감은 육
지와 다르게 제주는 억새의 물결이 차고 넘쳐 곳곳에 흐른다. 만사
를 제쳐놓고 억새 구경을 다녀야지! 억새꽃이 하얗게 피어 가을바람
에 하늘거리는 향연에 초대받은 오늘. 중산간 난드르와 오름을 김영
갑 작가처럼 배회했다.

아이들이 학교와 유치원을 마친 오후에는 아이들과 함께 아끈다랑쉬오름에 갔다. '아끈'은 제주말로 '작은'이라는 뜻이니, 아끈다랑쉬오름은 '작은 다랑쉬오름'을 말한다. 제주 동쪽 오름들을 아우르는 오름의 제왕 다랑쉬오름 옆에 낮게 딸려 있어 '아끈다랑쉬'라 불리지만, 아끈다랑쉬오름은 다랑쉬오름 못지않은 매력을 품고 있다. 높은 곳에서 보아야 보이는 하트 모양의 예쁜 탐방로가 굼부리를 휘돌고 있으며, 멀리는 성산일출봉과 우도까지 가까이는 제주 난드르와 어우러져 환상적인 풍광을 자랑하는 숨겨진 보석 같은 오름이다.

특히, 억새가 만발하는 가을이면 더해서 청명한 하늘까지 펼쳐진 날이라면, 오름의 여왕이라는 따라비오름보다 화려한 환상적인 금빛 풍경을 선사해 준다. 진입로가 정돈되지 않아 미끄러웠지만 야트막한 오름 굼부리에 올라서니, 아이들 키를 넘기는 무성한 억새밭이 우리를 반겨주었다. 하트모양의 굼부리를 한 바퀴 돌고 온 가족이 억새밭에 숨어들어 숨바꼭질하며 놀았다.

무작정 혼자 걷고 싶을 날에는 동거문이오름에 올랐다가 길도 없는 반대편의 난드르를 헤맸다. 아주 옛날 용암이 급하게 폭발했는지 가파른 낭떠러지처럼 솟구친 굼부리 동편으로는 황금빛 구릉지대가 나지막하게 펼쳐져 있다. 난드르에는 마소를 방목하는 바랜 목초지와 주로 무를 파종한 푸른 밭들이 검은빛 밭담으로 얼기설기 나누어져 있었다. 이곳은 오름의 군락지라 난드르 너머 사방에는 유명한

오름들이 봉긋 솟아올라 있다. 제주 사람들은 오름에서 태어나 오름
으로 돌아간다고 했다. 오름은 옛날 테우리를 품었고 오늘은 정처
없이 헤매는 나 같은 유랑자도 품어주었다. 모두의 안식처가 오름이
었다. 망자에게도 그런 모양이다.

동거문이오름 동편 들녘에는 제주 전통의 묘지들이 널찍한 산담을
두른 채 난드르 곳곳을 모자이크처럼 수놓고 있었다. 포클레인이 다
녀간 흔적으로 볼썽사납게 이장한 파묘들도 많았지만, 여전히 이끼
두른 동자석을 줄 세우고 현무암 덩어리 산담을 반듯하게 두른 봉분
들은 위풍당당한 모습으로 후손들의 성묘를 기다리고 있었다.

예전에 제주에는 벌초 방
학이 있었다고 한다. 그
리고 여전히 추석 보름
전 주말에는 남자 일가친
척들이 모여 벌초를 하는
풍습을 유지한다. 추석이
지난 11월이라 묘지들은
우리 시절 중학생 까까머

리처럼 잘 다듬어져 있었다. 그리고 성묫길들을 잘 내놓았기에 원래
정해진 길 없는 난드르를 걷기가 한결 편했다.

아내와 함께 단둘이 걷는 날에는 가시리의 갑마장 길을 걸었다. 갑마장은 최상급의 갑마(甲馬)를 키우던 목장을 말한다. 제주의 대표적인 방목장이었던 가시리에는 목장 경계로 쌓은 잣성이 한라산을 꼭짓점 삼아 연이어 둘러 있다. 이 중 짧은 갑마장 길은 큰사슴이오름부터 따라비오름까지 잣성길을 따라 걷는 코스인데, 오름의 여왕을 알현하러 가는 융단 같은 설렘이 이 길 위에 펼쳐져 있었다. 커다란 풍력발전기들이 휙휙 돌아가는 먼 풍경을 배경으로 흐드러진 억새가 지천인 난드르를 삼나무 길이 내어놓은 그늘에 기대 걷노라면 애틋한 감정들이 새록새록 넘쳐나기 마련이었다.

땅할아버지 오름이라는 민간어원을 가진 따라비오름은 이름과는 다르게 용눈이오름에 버금가는 부드러운 산세와 굼부리를 가지고 있어 오름의 여왕이라고 부른다. 근처 오름 군락에는 며느리 오름이라는 모지오름, 장자오름, 새끼오름이 대가족처럼 모여 있으니, '따라비'라는 이름이 제법 잘 어울렸다. 따라비오름은 유명한 관광지라서 우리뿐 아니라 많은 여행객이 정상에서 억새의 바람을 만끽하고 있었다. 바람만 넘나드는 고요의 시간을 탐냈던 우리는 조금 더 깊숙이 난드르로 걸어 들어갔다. 우리보다 먼저 고요의 시간을 탐닉하던 노루들은 인기척에 놀라 껑충껑충 뛰어 사라졌고 온전히 이 들에는 우리 부부와 바람만이 남게 되었다.

억새풀이 만개한 가시리 넓은 들에서 아내와 나는 아직 오지 않은 인생의 늦가을에 관해 이야기했다.

"난 은빛 백발이 잘 어울리는 노인이 되었으면 좋겠다!"

"듬성듬성 휑한 백발도 괜찮아?"

"주름 가득하고 야위어도 석양처럼 순하고 따뜻했으면 좋겠어. 내 삶이……"

"제주에서?"

"응……"

# 지속가능한 제주의 삶을 응원합니다

이상했다. 완연한 가을빛이 물들던 어느 날인가부터 제주 정보지인 오일장 신문이 집문앞 작은 의자에 매번 놓여 있는 것이었다. 한두 번은 대수롭지 않게 지나갔는데, 번번이 당일 발간한 따끈따끈한 오일장 신문이 놓여 있으니, 궁금하기도 했고 당황스럽기도 했다. 누가, 왜, 정보지를 놓고 가는 것일까?

궁금증은 이내 풀렸다. 2층에 사시는 주인집 할아버지께서 귀가하시면서 가져다 툭 놓으시길래, 인사를 드렸다.

"한번 훑어봐. 할만한 일거리 있는지."

여름내 하릴없이 놀고 있는 다둥이 아빠의 모습이 안돼 보였던 걸까? 더운 해를 피해 새벽 일찍 일어나셔서 미깡농사를 지으시고, 해질 무렵이면 해변을 따라 걸으며 규칙적인 운동을 하는 영감님 입장에서는 아이를 셋이나 둔 젊은 사내가 하루 내 빈둥대는 모습이 마음에 썩 들지 않았던 모양이었다. 더해 앞길이 구만리인데 저치 들은 뭐 먹고 살려 하는 거지? 라는 걱정도 있으셨을 테다.

제주를 흔히 삼다도라 하는데, 혹자는 삼무도라고도 했다. 바람과 돌, 여자가 많은 삼다도에는 대문과 도둑, 거지가 없었단다. 신기했다. 입도한 지 얼마 되지 않아 이 섬에서 생활인으로 사는 건 쉬운 게 아님을 바로 체감할 수 있었다. 예전에는 쌀을 자경할 수 없었던 척박한 곳, 지금까지도 변변한 산업이 없는 곳, 그렇다고 모두가 관광업에만 종사할 수는 없는 노릇인데, 제주 사람 남녀노소 모두는 오늘도 부지런한 삶을 살아내고 있었다. 옹이진 가지들을 한쪽으로 뻗쳐 억센 해풍을 견디고 마을의 수호신이 된 폭낭의 모습은 굴곡진 제주 사람들의 삶을 대표하는 것 같았다. 강한 생활력, 섬이라는 폐쇄된 공간, 높은 자존감, 상부상조하는 문화 속에서 거지와 도둑이 있을리는 만무한 일이다.

시대가 변했어도 해녀삼촌들의 삶은 여전히 고단하다. 어촌계를 조
직해 무리를 이뤄 물질을 나간다. 수십번 자맥질을 하며 미역이나
소라, 전복 등을 채취하는 게 얼마나 힘든 일인지는 넘실대는 파도
위에서 물놀이를 잠깐만 해봐도 알 수 있다.

동네 삼촌들이 채취한 온평리 미역은 예부터 맛있고 품질 좋기로 유
명했다. 아이들 다니는 온평초등학교가 1950년 화재로 소실되었을
때, 온평리 해녀들이 따로 학교바당을 정해 이곳에서 난 미역과 해
산물을 팔아 학교를 재건했다는 미담에서 보는 것처럼, 누구의 도움
을 받는 대신 자신들의 힘으로 가정과 학교, 마을 살림들을 꾸려나
간다. 바당에 나가지 않는 날이면 삼촌들은 밭일을 한다. 자녀들이
장성하여 가정을 이루면 한집에 살더라도 각자의 부엌을 가진다. 깊
고 오랜 잠수 후에 해녀들이 토해내는 숨비소리에는 척박한 환경에
서 꽃을 피워내는 제주 여성들의 삶이 녹아있다.
도시도 아니고 아직 옛 문화가 여전한 제주 시골 마을에서 우리 부
부의 무위도식은 죄악에 가까운 일이었다.

제주가 좋아 입도한 육지 사람들이 주 사용자였던 네이버 카페 '산책'에는 좋아서 친해지고 싶었던 사람들이 여럿 있었다. 서쪽 고내리에 무인카페 산책을 열고, 온라인에도 같은 카페를 연 주인장 '산책님', 우리 가족의 입도 계기가 된 작은 학교와 주택정보를 꾸준히 올려주었고 큰아이 중학교 진학상담까지 해 주셨던 교사이자 작가인 '제주원츄님', 우리가 모르던 제주 구석구석을 누비면서 제주비경을 소개해 준 '여름이좋아님' 등을 이곳에서 만날 수 있어서 정말 다행이었다. 특히, 갑장이라 더욱 친근했던 '우편배달부님'은 드라마틱한 인생역정을 겪은 입도 선배였기에 나는 그로부터 늘 힘을 얻고 위로를 받곤 했다. '우편배달부님'은 언제나 같은 코멘트로 날 응원해 줬다.

"지속 가능한 제주의 삶을 응원합니다."

이 문구에는 여러 의미가 함축되어 있었다.

한창 제주 붐이 불었던 당시, 다양한 사람들이 제각각의 사연으로 제주로 이주했다. 살아보니 제주 시골살이는 육지와는 많이도 달라 장단점이 뚜렷하게 나타난다. 천혜의 자연환경을 누릴 수 있지만, 쇼핑이나 문화생활은 포기해야 했다. 물가는 비싼데, 좋은 일자리는 드물었다. 여행객으로 하루 이틀 놀기는 좋지만, 먹고 사는 생활인으로의 삶은 녹록하지 않았다. 육지에서의 고단한 삶을 벗어나고자 제주를 찾았지만, 다시 제주에서 안게 된 새로운 고민 속에서 방황하는 이웃들이 있었고 오래지 않아 그중 대다수가 다시 육지로 귀향을 선택했다.

'지속 가능한 제주에서의 삶'을 살기 위해서는 우선 먹고 사는 문제를 해결해야만 했다. 고갈되었던 삶의 에너지가 제주살이로 급속 충전되면서 다시금 삶의 열정이 되살아났다. 이때부터 나 역시도 지속 가능한 제주에서의 삶을 살아가기 위한 고민을 시작했다.
서귀포시가 여는 창업강좌를 신청하여 수강했다. 나보다 한참 어린 젊은 친구들 속에서 강의를 듣고 토론을 하면서, 그간 막연하게 마음에 품었던 몇 가지 창업 아이템들이 사업계획서로 구체화 되면서 산산이 조각나는 현실을 직시하면서 가벼운 고민은 큰 번뇌로 변해만 갔다.

가진 것 없는 상황에서 잘하는 것과 좋아하는 것, 그리고 제주라는 씨줄과 날줄을 엮어 새로운 인생을 직조하는 것은 육지에서 모든 것을 멈추고 제주에 입도했던 결심만큼 큰 용기와 의지를 내야 하는 일이었다. 새로운 길을 걷기 위해서는 신발끈을 묶고 우선 길 위에 서야 하는 것을 알았기에, 우선 제주 시골 동네에서 할 수 있는 일들을 해 보기로 했다.

우리보다 1년 먼저 온 제주에 입도한 용준이 아빠가 마을 펜션을 장기임차하여 리모델링을 한다고 해서 허드렛일을 도와주기로 했다. 용준이 아빠는 나름 기술자로 리모델링을 직접 시공하는데, 나를 보

조로 써주었다. 십여년간 책상에 앉아 보고서나 만들고 기안, 계약서나 쓸 줄 알았던 나는 이쪽 일에서는 아이나 다름없었다. 자재를 나르고, 공구를 가져다주고, 합판을 들어주고, 청소를 하고, 페인트로 군데군데 땜빵을 하는 일 등, 서툴지만 내가 할 수 있는 일들을 종일하고 십만 원 정도의 일당을 받았다. 하루 땀 흘려 일한 일당은 회사생활을 통해 받던 월급과는 다른 느낌으로 다가왔다. 심리적인 돈의 가치가 커서 쓰기 아까울 정도였다. 첫날은 힘들더니 다음날에는 몇 달간 놀던 몸도 적응했는지 조금 이력이 붙었다.

'건축일도 나쁘지만은 않구나.'
아내에게 일당을 가져다주는 뿌듯함도 컸지만, 새로운 일에 당차게 도전하는 내 모습이 스스로 대견스러웠다.

본격적으로 아르바이트 일을 시작했다. 동네 삼촌들과 신산리 하우스 골드키위를 수확하는 일이었다. 아침 7시가 되면 동네를 한 바퀴 돌면서 인부들을 픽업하는 트럭에 올라타고선 해안도로를 달려 농장에 갔다. 수확을 바짝 해야 했기에 외국인 노동자부터 신혼의 젊은 부부,

나같은 중년 아저씨, 입도한지 한
달 밖에 안되었다던 또래 아줌마, 그
리고 해녀 할망까지 다양한 사람들
이 모였다. 골드키위는 수확용 리어
카 하나에 네 명이 한 조를 이뤄 일
하는데, 주로 동네 5,60대 아주망들
과 함께 일을 했다. 키가 커서 높은

곳에 달린 키위를 잘 딴다고 아주망들이 좋아라했기에 나름 농장에서
인기가 있었다.

고당도 고품질 골드키위는 비싼 과일이라 수확과 동시에 바로 포장
을 해서 외국으로 수출한다고 했다. 농장주는 일꾼들의 생산력을 높
이고 달랠 겸 새참과 점심밥에 굉장히 신경을 써줬다. 9시가 되면
새참을 먹었다. 12시에는 점심을 먹었다. 그리고 오후 3시가 되면
또 새참을 먹었다. 먹는 만큼 단내나도록 열심히 일했기에 올챙이
같던 내 몸매도 점점 홀쭉해지고 있었다. 얼마 먹지 않아도 늘 더부
룩했던 회사원 시절에는 상상도 못 할 일이었는데 말이다.

찬바람이 불어 귤이 노랗게 익기 시작하자 노지귤을 따는 일을 했
다. 여자들은 귤가위로 귤을 따고 남자들은 귤이 가득 담긴 컨테이
너를 선과장으로 옮기는 일을 했다. 커서 상품 가치가 없는 귤들은
그냥 따 떨어뜨리고 적당한 크기의 귤들만 컨테이너에 담는데, 수확
한 나무마다 큰 귤들을 한 아름씩 바닥에 떨어뜨리곤 했다. 하루하

루 고되었지만, 육체노동이 주는 희열감도 컸다. 몸이 건강해지고 팔다리 근육에 힘이 붙는 느낌이 들 때면 어깨와 허리 역시 반듯하게 펴지곤 했다. 밭일을 마치면 파치를 많이 얻어오곤 했다. 양도 상당해서 파치를 이웃들과 나누는 기쁨에 뿌듯한 마음이 들었다. 특히 달아 맛있는 파치귤을 귤 상자에 담아 고마웠던 육지 지인들에게 택배로 부치면서 의미를 부여했다.

"이거 내가 직접 딴 귤이야. 맛있게 먹어!"
"이야. 맛있겠다. 잘 먹을께. 제주살이 어때?
"귤도 따고 여기저기 쏘다니고..... 이게 제주 사는 맛이지. 귤에 제주 바람도 실어 보낸다."

통계청이 읍면에 위탁하여 실시한 전국 인구 총조사와 농촌 총조사 일을 짧은 아르바이트로 했다. 어둑해져 집마다 등불이 하나둘씩 켜지면 아내와 함께 성산 시흥리 가가호호를 방문하여 통계청이 원하는 자료들을 직접 물어가며 기입하는 일이었다. 작은 마을 누구는 선원으로 일했고 누구는 밭일을 했다. 할아버지 할머니부터 손자 손녀까지 함께 사는 대가족도 있었고, 혼자 사는 분들도 있었다. 번듯하고 깔끔한 집들도 있는 반면에 누추한 집들도 있었다. 아직 알아듣기 힘든 원색적인 제주 사투리를 쓰는 분들도 있었고 우리를 배려해 표준말로 답해 주는 분들도 있었다. 짧은 아르바이트 기간이었지만 제주의 민낯을 마주할 수 있는 시간이기도 했다.

관심을 가지고 살펴보니 할 일은 많았다. 하지만 눈높이를 낮추고 마음을 굳게 먹어야 할 수 있는 일들이 태반이었다. 상념은 커져만 갔다.

'마흔을 넘긴 시점에 몸을 쓴 대가 만큼 일당을 받는 일들을 내가 꾸준히 감당할 수 있을까? 그리고 그 일당으로 셋이나 되는 아이들을 키워낼 수 있을까? 제주살이가 일상이 되면 육지에서의 직장생활을 그리워하지는 않을까?'

풀어내야 하는 숙제의 마감 시간이 성큼 다가온 느낌이었다.

# 제주, 설국(雪國)

대한민국 남쪽 제주, 이곳에서도 따뜻한 아랫동네 성산에서 살고 있었지만, 겨울은 여전히 추웠다. 물론 서울에서 겪던 매서운 추위는 아니었으나 대개의 생활을 난방이 된 사무실이 아닌 늘 상 바닷바람이 부는 야외에서 했었기에, 제주의 첫 겨울은 군시절 맞닥뜨렸던 추위처럼 뼛속 깊이 각인되어 있다.

깊은 각인은 전적으로 물리적 온도에서 기인 된 것만은 아니었다. 마음속 깊이 스며들고 있던 불확실한 앞날에 대한 걱정이 얼음장 하나를 얹었고, 반년가량 이어진 무위도식 삶의 결과로 바닥을 보이던 통장 잔고는 졸라맨 허리띠 이상으로 심리적 배고픔을 느끼게 해 주었다. 말 그대로 몸과 마음 모두 추운 겨울이었다.

제주도는 시내 일부를 제외하고는 도시가스가 연결된 곳이 없어 여전히 주택의 난방 보일러 연료로 LPG 가스나 등유를 사용한다. 난방 연료는 도시가스보다 훨씬 비싸서 육지에서처럼 등 따뜻하게 지내고 나면, 난방비 폭탄을 맞게 된다.

우리가 세를 든 집 역시 기름보일러 난방이었는데, 빈한한 처지였지만 겨울 초입, 큰맘을 먹고 주유소 트럭을 불러 등유를 한 드럼 가득 채워 놓았다. 예전 어릴 때, 겨울이 오면 엄마는 큰맘을 먹고 연탄을 오백 장씩 들여놓으셨다. 광 한 귀퉁이에서 깜장 칠이 묻었지만 밝은 표정으로 연탄을 쌓던 부모님 얼굴이 선명하게 떠올랐다. 힘드셨겠지만 마음 든든함이 느껴지던 엄마의 표정이 기름을 채우던 내 얼굴에서도 드러났을 테다. 비로소 어려운 형편 속에서 오남매를 키

워낸 고단했던 아빠와 엄마의 삶을 조금은 공유할 수 있는 감정이었다. 이미 어른이었지만 어른 같지 않았던 나 스스로가 제주에서 어른이 되어간다고 느꼈다.

며칠 지나지도 않았는데, 목돈 들여 채워 놓았던 기름통 게이지는 낮은 온도계 눈금처럼 뚝뚝 떨어졌다. 기름통이 비는 만큼 마음에 가난이 몰려들었다. 제주라 덜덜 떨 정도는 아니었기에 아내와 상의해 집 온도를 낮추고 옷을 더 껴입고 살기로 했다. 각 방에서 재우던 아이들을 불러모아 거실에서 같이 잠을 자며 체온을 나눴다. 제주에서 마음만은 풍요롭게 살고 싶었다. 방법은 의지를 활활 태워 삶에 온기를 채우는 것뿐이었다.

한라산에 눈이 내리면 아이들과 산을 올랐다. 뽀득뽀득 눈 내린 등산로를 걸어 사라오름에 다녀왔다. 불평하던 아이들도 눈사람을 함께 만들고 휴게소에서 따뜻한 컵라면을 나눠 먹으니 설산이 주는 재미에 푹 빠져들었다. 천백고지도 다녀왔다. 제설차가 설국 위로 뚫어놓은 까만 아스팔트 길을 따라 편하게 도달한 고지에서 신나게 아이들과 눈싸움을 했다. 아내와 단둘이 영실에서 윗세오름까지 눈꽃산행을 했다. 파란 하늘과 순백색 한라산이 선명한 원색의 대비를 이룬 광경에 입이 쩍 벌어진 채로 환호성을 질렀다. 혼자 관음사부터 백록담까지 묵묵하게 걸었다. 다섯 식구를 책임져야 하는 가장으로서의 무게를 한라산 곳곳에 흩뿌리고 가벼운 마음으로 하산을 했다.

제주, 특히 산남의 바닷가 마을들은 눈 쌓인 풍경을 보기가 어렵다. 눈이 오더라도 바람에 흩날려 버리고 이내 녹아 버렸다. 운 좋게 바닷가 마을에도 큰 눈이 내렸다. 밤 내 싸락싸락 내리더니 용케 녹지 않고 소복하고 하얀 눈 세상을 선물해 주었다. 아이들은 신이 나서 여전히 풀지 않았던 이삿짐 상자를 뒤져 부츠를 찾아 신고 학교 운동장으로 뛰쳐나갔다. 동네 꼬마들이 상기된 얼굴로 뭉친 눈으로 눈싸움을 하고 눈을 크게 굴려 눈사람을 만들었다. 부모 여럿도 합세하여 운동장은 시끌벅적한 놀이터가 되었다. 아이는 아이다웠고 어른은 아이가 되었다. 다시 운동회 날이 된 것 같이 학교 운동

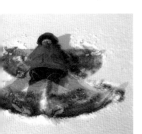

장이 모처럼 벅적거렸다. 동심에 빠져든 순간이었고, 돌이켜 볼 때마다 즐거웠던 아침이었다.

중산간 지역에 큰 눈이 내리면 천연 눈썰매장으로 변모하는 명소가 여럿 있다. 보통 찻길 옆 오름의 경사면이나 한라산 중턱에 눈썰매장이 펼쳐지는데, 순백색의 오름을 배경으로 올망졸망한 아이들이 알록달록한 차림으로 눈썰매를 타는 모습은 탱글탱글 달콤한 귤 과즙이 입안에서 톡톡 터지는 느낌이다. 중산간 지역에 큰 눈이 내렸다 해서 이웃들과 함께 마방목지에 갔다. 가을까지 싱그러운 초록이 가득했고 방목된 말들이 한가로이 풀을 뜯던 야트막한 경사면이 신나는 눈썰매장으로 바뀌어 있었다. 도로 갓길에는 주차된 차들이 늘어섰고, 김을 내뿜는 따뜻한 어묵을 파는 트럭들에 사람들 줄이 길게 생겨났다.

추위를 잊은 채 아이들과 아빠, 엄마들이 즐겁게 눈썰매를 탄다. 그리고 그 옆엔 아름드리 노송들이 눈보라 속에서 창연한 흑백사진의 맛을 볼 수 있는 자태를 뽐내고 있었다. 어디에서도 볼 수 없는 아름다운 눈썰매장 풍경이었다. 제주는 겨울도 아름다웠다.

# PART 3.

길을 달리다 보면 버려진 밭에 유채꽃이 한가득 피어있다. 검은 밭담과 어우러진 노란 유채는 제주에 봄날이 피었음을 알려준다.

"안녕하세요? 처음 뵙겠습니다. 오늘입니다."

서울시청 앞 커다란 벽에 써진 글이라고 한다.(이 글은 시민공모를 통해 주기적으로 바뀌는데, 무척 신선하고 좋은 글들이 많다고 한다) 오늘이 어제 같고 내일도 오늘 같아 무덤덤해 때로는 드라마틱한 무언가가 일어났으면 하는 일상 속에서 "오늘"을 다시 한번 되새겨 보게 된다.

유채꽃을 보면서, 지고 나면 사진도 못 찍은 채 흘려보냈다고 자책하기 싫었기에 날씨 좋은 주말, 가족과 섭지코지에 들러 어설픈 사진을 몇 장 찍었다.

그리고 나도 좋은 말을 붙여본다.

내 삶의 봄날! 맑으나 궂으나 바로 오늘입니다.

# 새해, 새봄, 새 출근

묵은해를 보내고 다시, 성산 일출봉 뒤편 아득한 태평양에서 떠오르는 새해를 맞이했다. 어느덧 제주에서 여섯 달을 지냈다. 오감을 올올이 일깨우던 제주의 순간들을 이제는 덤덤하게 흘려보낼 만큼 제주살이는 무디어갔지만, 흐르는 제주의 풍경은 반짝이는 윤슬로 남아 내 삶의 거친 모퉁이 곳곳을 빛내 주었다. 새해에도 나를 압박했던 큰 문제들은 여전히 해결될 기미도 없었다. 그래도 우리 가족을 품어준 제주 섬이 선사한 안도감 덕분에 문제를 인식하는 시선은 불안과 염려보다는 끄덕임과 긍정의 물이 들어 버렸기에 예전처럼 노심초사하지는 않았다. 현실은 여전했지만 스스로 바뀌는 중이었다.

이제 나는 곧 맞닥뜨려야 하는 두 갈래 길에서 최종 선택을 해야 했다. 한 길은 회사를 사직하고 제주에서 새로운 일을 찾는 것이고, 다른 길은 제주 삶을 마감하고 다시 서울의 회사로 되돌아가는 것이었다. 그간 요리조리 궁리했으나 뾰족한  해결점이 없던 관계로 쉬이 결론을 낼 수 없었다. 회사를 관두자니, 제주에서 다섯 식구 생계를 책임질 만한 일을 찾지 못한 것이 현실이었고, 복직하더라도 회사가 기꺼운 마음으로 나를 맞아줄지도 의문이었다. 대개 동료들은 내 육아휴직원을 사직원으로 생각하고 있었다.

난 특별한 자격증도 없었고, 십 년 다닌 회사에서도 주로 계약, 구매, 사옥과 비품관리 등의 총무팀 일을 했기에 경력을 살릴 분야도 없었다. 주위를 보면 전문성을 갖고 있다고 하더라도 제주에서 그 일을 계속하기 쉽지 않았다. 하물며 나 같은 범용적인 40대의 남성이 제주에서 양질의 일자리를 찾는다는 것은 불가능에 가까웠다. 확실히 제주에는 일자리가 많지 않았고 괜찮다고 여겨지는 직장은 드물었다. 육지와 비교해 볼 때, 무엇보다 벌이가 신통치 않았다. 그래서 둘러보면 제주에 정착하는 대부분의 육지 사람들은 전혀 다른 일에 도전을 하는 것 같았다. 어떤 이는 돌담을 쌓기도 했고, 누구는 스카이 크레인 기사로 일을 했다. 버스 기사가 된 지인도 있었고, 나이 마흔에 시험을 쳐서 늦깎이 경찰 공무원으로 입직한 분도 있었다.

많은 입도민은 수도권 아파트를 팔아 약간의 땅을 산 후, 빚을 내 펜션을 짓고 숙박업을 시작했다. 나는 커피를 좋아해서 커피를 팔아볼까 싶었지만 모두가 말리는 레드오션 시장이었다. 사진찍기를 좋아하니 관광 전문 택시 운전사가 되어볼까도 생각했다. 당일 코스로 여행지를 안내하고 사진을 찍어주면 괜찮을 것 같았다. 그런데 이건 너무 고전 스타일이라 식상하게 느껴졌다. 물론 낡고 고루한 분야에서 반짝반짝 보석처럼 빛나는 사람들도 있었지만, 안타깝게도 나에게는 그들이 가진 창조성과 배포가 없었다. 나도 펜션을 열어보고 싶었는데, 서울에 팔 수 있는 집이 없었다. 서귀포시에서 개최한 창업강좌를 수강하며 젊은 친구들과 브레인스토밍도 해봤지만, 무릎을 칠만한 괜찮은 아이디어는 떠오르지 않았다. 제주 사람으로서 그럴싸한 일을 단기간에 시작한다는 것은 요원한 일이었다.

제주라서 다행이야 · 207

걱정만 한다고 해결될 일은 아니어서 마음이 심란할 때는 엄마 품 같은 제주 섬 속으로 얼굴을 묻었다. 제주 곳곳으로 난 길을 무작정 걸었다. 제주에는 걷기 좋은 길이 실핏줄처럼 뻗어있었다. 걷기는 다리를 곧게 하고 몸에 힘을 불어 넣어주었다. 더불어 생각의 영역에서도 영향력을 어김없이 발휘해 주었다. 내딛는 한걸음만큼 잡념은 사라지고 긍정의 밀물이 한걸음 몰려왔다. 이 느낌이 좋아서 올레길과 중산간의 길들을 혼자 타박타박 잘도 걸었다.

올레 5코스를 걷던 날이었다. 관목숲을 헤집고 난 낮은 길을 통과하니 평소에는 메마른 천이던 제주의 내창에 물이 제법 흘렀다. 안전하게 내창을 거슬러 올라 다리를 건넌 후 내려와야 했지만 뛰어넘고 싶은 객기가 솟구쳤다. 얕은 곳을 징검다리 삼아 경중경중 뛰다가 이내 미끄러졌다. 엉덩방아를 찧은 채로 물에 빠져 버렸는데, 손에 든 카메라를 높이 치켜들어 침수를 막은 게 그나마 다행이었다. 신발과 바지가 흠뻑 젖어 찝찝했지만, 그래도 이 길을 다 걸어야 했다. 삶도 마찬가지라는 생각이 들었다. 예기치 않은 상황이나 한순간의 실수로 어긋나 삐걱대 버리는 상황이 오면, 리셋해서 다시 시작했으면 하는 마음이 든다. 그렇다고 마음 내키는 대로 초기화할 수 없는 게 인생이니, 어쩌겠는가! 물에 빠진 생쥐 꼴이겠지만 뚜벅뚜벅 걷다 보면 햇빛도 나고 옷도 마를 날이 올 것이다.

그 길에서 핸드폰이 울렸다. 회사 살림을 총괄하는 상무님의 전화였다. 상무님은 십 년도 넘게 지난 내 결혼식 순서지를 보관하셨다가

나의 특별한 날을 추억담으로 이야기하실 정도로 다정다감한 분이
셨는데, 전화로 뜻밖의 제안을 하셨다.

'제주지사에 자리가 나는데, 조금 이르게 복직을 할 수 있겠냐고?'

마주한 갈림길, 선택의 순간에서 상사의 전화는 확신의 증표가 되었
다. 제주 섬 어디에서도 전문성 없는 40대의 나에게 이 회사만큼의
월급과 대우를 해 줄 곳은 없었다. 힘들었을 때 도피처가 되어준 제
주에 머무르면서 익숙하고 안정된 직장생활을 계속 이어갈 수 있다
는 것은 따뜻한 제주 생활에 안정감까지 더할 수 있어 감사했다. 제
주에서의 휴식으로 다시금 에너지가 완충되었기에, 그때는 지쳐 놓
고만 싶었던 회사생활을 이제는 사회 초년생의 마음으로 잘 해내겠
다고 스스로 마음을 다잡았다.

복직하니, 어제와는 다른 새로운 제주 생활이 시작되었다. 서울에서 해왔던 것처럼 아침마다 규칙적으로 출근을 했지만, 그 길이 달랐다. 수도 없는 자동차의 빨간 후미등이 꼬리를 문, 꽉 막혀 마음조차 숨 막히게 만드는 올림픽대로가 아닌, 제주의 시골 온평리에서 제주 시내 사무실까지, 약 50Km의 중산간 오름들이 굽이치는 도로를 달리며 이른 아침을 깨쳤다.

출근길 위에서 안개가 어스름히 깔린 놈뻬꽃 흐드러진 밭과 바람에 일렁이는 보리밭 풍경을 만끽했다. 내가 좋아하던 중산간의 오름들, 모구리오름과 영주산, 개오름과 성불오름, 거문오름과 우진제비오름 옆으로 난 길을 멈춤 없이 내달렸다. 그리고 십여 년간 해와서 익숙했지만, 그간 잊었던 업무 지식을 다시 일깨워 맡은 일들을 감당해 갔다. 다시 아이들 아빠에서 회사의 '한차장'으로 돌아왔다.

온평리에서는 해녀 삼촌과 귤과 밭농사를 짓는 동네 어른들, 그리고 비슷한 처지의 학부모들과 주로 어울렸다면, 회사 일로 만나는 제주시 사람들은 촌마을 온평리와는 사뭇 결이 다른 사람들이었다. 동료들과 업계 대표들, 유관 기관의 관계자들은 거의 시내 사람들이었다. 미묘하지만 시내 사람들이 쓰는 제주 사투리와 성산 사람들이 쓰는 제주 사투리가 달랐고 그것을 내가 눈치챈다는 점이 재미있었다. 조금 더 세련된 제주말들, 민원인들은 제주 억양으로 말을 건넸다가 내가 육지 사람인 것을 알아채면 나를 배려해서 나긋나긋한 서울 말씨로 말을 바꿨다. 우스갯소리지만 '내가 달마다 오르내렸던 한라산은 이들에게는 올라가는 산이 아닌 바라보는 산'이고, '내가 품을 팔아 따던 귤은 얽히고설킨 괸당이 가져다주는 귤'이었다. 그리고 바당에서 해녀들이 물질하는 것을 보면 나보다 더 신기하게 바라보며 사진을 담는 시내 사람들에게 성산 온평리에 사는 나는 생경한 '육짓것'이었다.

육지 사람들에게 제주도는 작은 섬일 뿐이지만, 제주 사람들에게 제주는 엄연히 도시와 시골의 경계가 확실한 섬이기도 했다. 기꺼이 나는 제주 시골집과 시내 속 직장을 왕복하는 일종의 '경계인의 삶'을 살기로 했다. 시내에서 십여 분만 벗어나도 놀란 토끼 눈으로 '왜 이리 먼 곳에 사느냐'고 타박하는 시내 사람들은 이해하지 못하는 '육짓것'의 제주가 그 경계에 펼쳐져 있었기 때문이다.

일과시간 대부분을 사무실에서 보내게 되었다. 사무실의 시간은 멈춘 것 같다가 일순간 정방폭포 물줄기처럼 쏟아져 하얀 물거품을 남긴 채 넓은 바다로 흘러 사라져갔다. 그리고 기대하던 월말, 예전처럼 통장에 월급이 들어왔다. 아내가 좋아했다. 나도 기분을 내서, 시내에서 치킨 한 마리와 피자 한 판을 싣고서 퇴근했다. 그동안 성산읍내의 '어머니닭집'과 '문화통닭' 맛에 익숙해진 아이들도 맵짜한 도시 치킨에 열광했다. 입술에 빨간 양념을 묻힌 채 맛있게 먹는 아이들을 보고 있자니, 괜스레 얼굴이 발그레해졌다.

제주도에 그리고 우리 가정에도 봄이 왔다. 유채가 노랗게 들판에 번졌고 매화가 꽃망울을 터트렸다. 그리고 하얀 벚꽃이 송이송이 피어나더니 화사한 봄의 기운이 사위를 연분홍으로 물들여 갔다.

# 한껏 무용한 시간

제주에 와서 알게 되었다. 육지에서 왜 나는 그토록 피곤했는지.

언제나 나는 빨갛게 충혈된 눈과 굽은 등을 가진 늙은 낙타처럼 슬펐다. 늘 피곤했는데, 주변 사람들의 인정을 갈구해서 나 자신을 편하게 놔주지 못했다. 과로가 더 해지면, 모니터를 보다가 코피를 흘렸고, 심할 때는 링겔을 맞은 후 출근을 했다. 영원히 바위를 굴려야 했던 '시지프의 천형'처럼, 쳐내도 쳐내도 끝이 없던 일의 굴레에 갇혀 있었다. 집에서는 무럭무럭 자라나는 세 아이를 키워야 했다. 그리고 일요일마다 교회에서 '주일학교 교사'를 맡아 종일 분주했다. 체력이 달리면 나름의 처방을 내려 힘을 보충했어야 했는데, 그때는 '나를 위하는 모든 것'이 사치 같아서 결국 고갈되고 말았다.

어리석게도 회사 동료들의 '너 없으면 일이 돌아가지 않아'라는 말에 묘한 쾌감을 느꼈다. 늘 내 자리를 의식했었다. 이제 와 생각해 보니, 내 피곤함의 근원에는 유용성에 대한 불안감과 인정받고 싶은 욕망이 똬리를 틀고 있었던 게다.

생각해 보니 가끔 나는 혼자였어야 했다. 드물게, 아니다. 자주, 나만의 동굴에 들어가 피곤하면 잠을 자고 아프면 상처를 핥아주었어야 했다. 그랬다면 아마 나는 번아웃 증후군으로 너덜너덜한 마흔살을 맞이하지 않았을 것이다.

제주에 와서야 비로소, '무용함'의 유용함을 깨닫게 되었다. 복직해 보니, 내가 자리를 비웠어도 회사는 더 잘 돌아가고 있었다. 섭섭한 마음도 조금 들었지만 홀가분한 마음이 훨씬 더 컸다.

'바보같이 누구도 지우지 않은 큰 돌덩이를 스스로 지고 있었구나!'
를 자각하자 제주 생활이 한결 가벼워졌다.

제주 물정 어두운 '육짓것'이라는 타이틀은 의외로 큰 유용함이 되었
다. 제주 사람들은 운전할 때 네비게이션을 잘 켜지 않는다. 골목길
곳곳까지 빠삭한 제주 토박이들에게 큰길만을 안내하는 네비게이션
은 결코 스마트한 문명의 이기가 되지 못했기 때문이다. 그런 이들
에게 네비게이션을 맹신하며 기계가 안내하는 길만을 고집하던 나
의 운전은 답답함 그 자체였고, 답답함을 견디다 못해 조수석에서 '1
차로로 직진, 이쯤에서 3차로로 차선변경, 저 건물 끼고 우회전 등'
시시콜콜 기계보다 더 빠르고 친절한 인간 네비게이션 역할을 자처
해 주었다.

민원인들은 전화를 받자마자 속사포처럼 빠르게 제주말로 민원을
이야기하다가 "아, 네~"하는 나의 반응에 흠칫 놀란 채, 거리감이
느껴지는 서울말로 다시 또박또박 민원을 말해야만 했다. 경조사도
마찬가지였는데, 호텔이나 식당을 종일 빌려 잔치를 하는 결혼 잔칫
날이나 공식적인 조문을 받는 '일포'일에 당황했던 일, 그리고 부의
금을 조의함에 넣지 않고 당사자에게 직접 전달하는 것과 답례로 소
액의 상품권을 건네는 것 등 처음 접하는 제주풍습을 몰라 민망한
일들도 많이 겪었다. 길도, 풍습도 잘 모르고, 말도 잘 못 알아먹으
며 사람도 잘 모르는 나는 주위 제주 사람들이 많은 것을 가르쳐 주
고 신경을 써줘야 하는 존재였다.

그만큼 나는 제주에서 무용함 그 자체였는데, 무엇보다 제주시에서 서귀포시를 아울러 시골 마을 곳곳까지 거미줄만큼 촘촘하게 뻗은 인맥이 없었다. 제주 사람들은 모두 혈연, 지연, 학연을 망라한 '괸

당'으로 얽히고설킨 공동체의 일원이라, 하나의 예를 든다면, 어제 성산에서 일어난 개인적인 에피소드를 오늘 제주시에서 이야기할라 치면, 보통 육지에서는 그냥 '아~ 그래요?'라고 우스갯소리로 웃고 넘어갈 일임에도, 제주 사람들은 '그 아이 이름이 뭔데요?'라고 물어 나를 당황하게 만들곤 했다. 한두 다리만 건너면 다 아는 이곳에서는, 특히 사람 간의 관계를 증진하는 것이 주된 일인 지사의 업무에서는, 아는 사람 하나 없다는 것은 엄청난 핸디캡이 되지만 반대로 아는 사람 한 명 없다는 것이 나의 큰 방어기제가 되기도 했다. 인연이 있는 제주 사람들이 없다 보니, 나에 대한 선입견이 없었고 무엇보다 나를 편하게 대하지 못했다. 불편함은 정중함과 예의로 표현되었고, '아는 사람 하나 없음'이라는 내 처지를 스스로 객관화를 해보니, 예전이면 불안하고 얼굴을 붉혔을 상황에서도 왠지 마음 편하게 대처할 수 있는 여유가 생겨났다. '괸당'이 아니어서 정보가 느리고 일이 매끄럽게 통하지 않아 가끔은 애도 먹었지만, 그 대가로 얻은 거리감과 익명성의 자유, 여유롭게 주어진 저녁 시간 덕분에 같은 회사, 같은 직장인의 삶이었음에도, 육지에서와는 전혀 다른 삶을 살게 된 것이다.

더불어 제주는 한껏 무용한 시간을 선물로 주었다. 육지 직장 같았으면 업무 후 어김없이 참석해야 했던 회식과 술자리에 지쳐갔을 저녁 7시, 나는 퇴근길 도중에 멈춰, 백약이 오름을 올랐고, 산지 등대에서 제주항에 스며드는 저녁놀을 만끽했다. 해지는 모양새가 심상치 않다고 느끼면 이호해변에 가서 붉어지는 목마등대와 바다 풍경을 사진기에 담았다. 퇴근하다가 함덕 해수욕장에 들러 물놀이 하는 아이들의 모습을 바라볼 때는 고급 위스키 한 잔에도 담을 수 없는 주황빛 석양의 취기에 황홀하게 취할 수 있어 행복했다. 가끔 한치잡이 배가 환히 불을 밝힌 해안도로를 거친 숨을 토해내며 달음박질도 쳤다. 제주의 오름과 곶자왈이, 난드르와 바당이 나만의 동굴이 되어주었다. 꾸준히 달렸더니 불룩 나왔던 뱃살은 어느새 매끈해졌고 스트레스를 받더라도 나만의 동굴에서 상처를 핥고 어루만지며 수월하게 회복할 수 있었다. 혼자 서성였지만 절대 고독하지 않은 동굴이었다. 그곳이 나의 제주였다.

# 자전거, 제주를 달린다

제주에 입도한 이후 내 삶은 송두리째 변해 버렸다. 사계절 쏘다니며 온몸으로 맞았던 와랑와랑한 햇빛이 얼룩덜룩 기미가 오른 얼굴 전체를 고르고 까맣게 태워준 덕분에 건강해 보인다는 칭찬에 얼굴이 불콰해질 정도로 좋아서, 피부 노화의 주원인이라 남들은 어떻게든 피하려 하는 햇빛을 일년내 빛 샤워하듯이 즐겼더랬다. 그 결과 깊이 팬 주름 가득한 얼굴로 살게 되었지만, 어차피 늙을 인생, 무엇이 대수냐 싶은 마음으로 간세둥이(게으름뱅이)의 삶을 즐겼다.

더해 변한 것이 있다면, 들숨과 날숨으로 폐부를 들락거리는 상쾌한 제주의 공기 덕분에, 나는 점점 긍정의 생각이라는 것을 하고 살게 된 것이다. '그래 사람은 호모 사피엔스, 원래 생각하는 동물이야. 나 역시 한때는 상상의 나래를 활짝 펴는 꿈 많은 어린이였지.'

자각의 결과, 새로 시작하게 된 일이 하나 있었는데, 뜬금없겠지만 시내 서점에서 다이어리를 사서는 하루하루 기록을 손글씨로 꾹꾹 눌러 담는 것이었다. 연계획란과 월계획란에 '해야 할 일'과 '하고 싶은 일'을 적는 것, 그리고 그 일을 마치면 뿌듯한 마음으로 형광펜으로 덧긋는 작업은 소소한 일상 속에서 만만치 않은 성취감을 주는 의미 있는 작업이었다. 무엇을 하나 이뤘다는 것, 그 뿌듯함에 다이어리의 공간은 큼직큼직 확장되어 이제는 당당하게 '제주에서 꼭 해야 할 버킷리스트'라는 여백을 갖게 된 것이다. 물론 이 여백에 손글씨로 적었던 항목들은 나름 난도가 높아서 마음의 준비가 필요하지만, 아주 불가능의 영역에 속하지 않은, 그야말로 닿을락말락한 곳에 위치한 것들이어야 했다.

"자전거를 타고 저어갈 때, 몸은 세상의 길 위로 흘러나간다. 구르는 바퀴 위에서 몸과 길은 순결한 아날로그 방식으로 연결되는데, 몸과 길 사이에 엔진이 없는 것은 자전거의 축복이다. 땅 위의 모든 길을 다 갈 수 없고 땅  위의 산맥을 다 넘을 수 없다 해도, 살아서 몸으로 바퀴를 굴려 나아가는 일은 복되다."

성산일출 도서관에서 소설가 김훈의 산문집 "자전거 여행"을 감명 깊게 읽었다. 문장의 여운에 도취 된 나는 소년기 촉감을 일깨워 자전거가 타고 싶어졌다. 작았던 마음은 걷잡을 수 없이 커져 버려서, 이왕이면 제주섬을 일주하겠다는 '버킷리스트'에 반듯반듯 적어 버렸다. 그런데 문제는, 까까머리 학창 생활을 면한 이후 자전거를 타 본 적이 없다는 것이었다.

중학생 시절, 아버지는 입학선물 겸 통학용으로 자전거를 사주셨는데, 중학교 3년을 아버지가 사주신 철제 MTB형 자전거를 타고 매일 4Km 넘는 시골 분지의 도로를 달려 학교를 오갔다. 아이들은 두꺼운 프레임에 넓은 타이어, 어깨를 펴고 등을 곧추세운 채 팔을 쫙 펴야 핸들을 잡을 수 있는, 기어도 무려 10단까지 있던 그 자전거를 '탱크'라고 불렀다. 질풍노도 사춘기 시절, 부쩍부쩍 커갔던 키처럼, 늘 작았던 신발에 욱여넣어 아팠던 발가락 마냥, 마음 역시 하루하루 자라나고 있어서 내 작은 가슴에 고이 담아 둘 수 없을 정도로 넘치는 순간이 있었는데, 그때마다 난 아버지가 사주신 '탱크' 페달을 밟아 사방이 산으로 꽉 막힌 시골 분지를 저어갔었다. 자전거가 나아갈 때, 넘치던 내 마음은 고향 분지로 흘러들었고, 이내 난 고요해졌다. 내 인생의 '리즈시절' 이었다.

제주가 선사한 '평온' 덕분에, 다시금 내 인생의 '리즈시절'이 찾아온 느낌이라, 김훈 작가처럼 바람 따라 자전거의 돛을 펼치고 싶어졌다. 자전거 바퀴를 굴려 나아갈 때, 비록 까맣고 주름진 중년의 가슴에 품은 감성일지라도, 해안도로에서 바라보는 태평양의 수평선 같았던 사춘기 소년이 품었던 푸릇한 감성의 지경으로 넓어지기를 바랐던 것이다.

"희망이란 본래 있다고도 할 수 없고, 없다고도 할 수 없다. 그것은 마치 땅 위의 길과 같은 것이다. 걸어가는 사람이 많아지면 그것이 곧 길이 되는 것이다."

루쉰이 말한 '길'처럼, 제주에도 길은 사람들의 희망이 되어 실핏줄처럼 섬 곳곳으로 뻗어 있었다. 평화로와 번영로처럼 대동맥이 되는 큰길이 제주시와 서귀포시를 잇고 있었고, 516 도로와 1100 도로는 한라산을 에워싸 굽이쳐 있었으며, 산록 도로는 중산간 곳곳을 연결하고 있었다. 애조로(애월~조천)와 남조로(남원~조천)처럼 읍내 이

름을 따 조어한 길들이 7개 읍, 5개 면을 끈끈하게 잇고 있었고, 일
주동로와 일주서로처럼 바다를 면해 제주를 휘감은 길도 있었다. 실
핏줄처럼 마을과 마을을 잇는 소로들은 올올이 퍼져 제주 섬을 살아
운동력 있게 만들어 주었다.

'제주환상자전거길'은 나라가 인증한 '국토종주자전거길' 중 하나로
해안도로와 일주도로 234km를 이어 자전거로 제주 섬을 한 바퀴
돌 수 있도록 조성했는데, 많은 사람들이 이삼일간 이 길을 따라 풍
륜의 노를 저어간다. 순풍이 등을 떠밀어 수월하게 저어가기도 하고
때로는 역풍을 뚫고 힘겹게 나아가기도 하는 자전거 여행자들을 지
나치면서 나 역시 자전거 안장 위에서 제주를 바라보고 싶어졌다.

자전거 가게에서 클래식형 모양의
자전거를 샀다. 무거웠고 기어도 신
통치 않아 잘 달릴 것 같지는 않았지
만, 저렴한 가격과 빈티지한 디자인
에 끌렸다. 며칠 동안 틈틈이 콧노래
를 흥얼거리며 자전거로 해안도로를
달렸다. 수십 년 만에 타보는 자전거
였지만 한 시간 정도는 거뜬했다. 페

달을 밟으며 바라보는 제주의 바다는 색다른 느낌이었다. 흘러가는
느낌과 페달을 밟는 긴장감이 허벅지에 딴딴한 자극으로 전달되면
서 증폭되는 설렘에 기분이 새로웠다.

주말, 자전거 타기 좋은 날이었다. 아침, 간단한 짐을 꾸려 짐받이에 묶고 동쪽 함덕해변부터 시계 반대 방향으로 자전거 일주를 시작했다. 이틀간 제주를 한 바퀴 돌 계획이었다. 얼마 전 비슷한 시기에 온평리로 이사한 동갑내기 친구 승주아빠와 이런저런 대화를 나누다가 자전거 종주 이야기를 꺼냈다. 승주아빠는 나의 허약한 체력으로는 이틀만의 완주는 어렵다고 했고 나는 이틀이면 충분하다고 우겼다. 티격태격하다가 결국 밥 내기까지 이어졌는데 호승심이 타오른 나는 이틀 만에 완주함으로써 꼭 이기고 싶었다.

씩씩하게 나아갔다. 함덕 해수욕장에서 해안도로를 달려 조천과 관곶을 지나 제주 시내로 향해 난 길을 달렸다. 기분과 달리 자전거가

매끄럽게 구르지 않아 살펴보니 얇은 타이어 튜브에 공기가 빠져있었다. 연안부두 근처 자전거 가게에 삼천원을 주고 바람을 빵빵하게 채웠다. 자전거가 미끄러지듯 나아갔다. 용두암과 도두항, 하귀와 구엄 돌염전을 지났다. 고내 포구 다다르기 전 가파른 언덕을 올랐다. 포구에 자리한 '무인카페 산책'에서 커피 한잔을 마시며 숨을 골랐다. 점심밥은 애월을 지나 곽금 어디쯤에서 먹었다. 시장이 반찬이라는 옛 속담처럼 김치찌개와 계란프라이 하나 담긴 백반을 순식간에 비워냈다.

서쪽의 바다는 담백했다. 높게 드리운 구름
이 하늘을 반쯤 가린 탓인지 말랑한 햇빛 아
래 바람도 상냥히 불었다. 한림을 지났고 풍
력발전기가 줄지어 심어진 신창 해안도로를
달렸다. 오후 한때 일과리에서 쉬었다. 돌의
자에 앉아서 대정 앞바다에 돌고래 무리가
유영하는 모습을 한참이나 바라보았다.

이때부터다. 고비가 찾아온 것이. 다리는 아
프지 않았는데, 좁고 딱딱한 안장에 장시간
사타구니가 쓸린 모양이었다. 안장에 앉으
면 따끔하고 쓰라려서 페달을 밟을 수 없었다. 짐에서 수건을 꺼내
안장에 대보기도 하고 다리를 한껏 벌려 어기적대면서 자전거를 굴
렸다. 몰려온 피곤과 통증에 산방산 지난 언덕길에서 자전거를 끌어
야 했다. 도로 옆 버스정류장 벤치에 퍼지듯 누웠다. 볼썽사나운 모
습으로 한 시간여 혼곤한 잠에 빠졌다. 민폐였지만 몸을 추스르는
시간이 되었다. 어둑어둑해지는 해거름에도 묵묵히 자전거를 탔다.
그리고 깜깜하게 드리운 어둠을 갈라진 가로등 빛으로 쪼개며 예약
해 놓은 서귀포 시내 게스트하우스까지 달렸다.

이튿날은 수월했다. 이른 아침 든든히 아침밥을 먹고 페달을 밟아
위미와 남원, 표선까지 나아갔다. 신산리 해안도로를 지나면서 양어
장 소장으로 일하는 친한 형님을 찾아가 달달한 커피 한잔을 대접받

았다. 성산 일출봉을 뒤로 하고 종달리까지 달렸다. 제주 북쪽 바다를 만나자 바람이 거세게 불었다. 등을 밀어주는 고마운 바람이었으면 좋으련만, 야속하게도 자전거의 전진을 막는 앞바람이라 힘들게 나아갔다. 하도리와 세화, 월정리와 김녕, 북촌을 거쳐 종착지인 함덕에 다다랐다.

이틀 동안 자전거로 제주 종주를 했다. 자전거에서 내리자 팽팽한 다리근육은 땅을 차오를 것 같이 당겨졌다. 곤두선 신경이 잠잠해지기까지 며칠이 걸렸다. 다시 새로운 일주일이 시작되었고 주말 특별한 여행을 마친 나도 다시 일상으로 복귀하였다. 친구와의 내기에서 이겼다. 그리고 '제주생활 버킷리스트'에 한 줄의 형광펜 덧줄을 그을 수 있었다.

# 섬 속 섬 여행자

제주는 섬이지만 큰 섬이라 부모처럼 아이 같은 작은 섬들을 여럿 품고 있다. 성산 일출봉 너머에는 보석 같은 우도가 누운 소 모양으로 솟아있고 서귀포 앞 태평양에는 지귀도, 섶섬, 문섬, 범섬 같은 무인도들이 푸른 바다 위로 점점이 뿌려져 있다. 바람 많은 모슬포 아래로는 일출이 예쁜 형제섬과 싱그러운 보리밭이 장관인 가파도, 최남단 마라도가 제주 부속 섬의 정점을 이룬다. 서쪽 자구내 포구 앞에는 와도를 비롯한 차귀도가, 비췻빛 협재 바다 위로는 마치 어린 왕자가 묘사한 코끼리를 삼킨 보아뱀 모양의 비양도가 제주의 바다를 다채롭게 한다. 그리고 마지막 육지 남해와 제주 사이 그리움이 깃든 바다 가운데 낚시꾼들이 찾는 작은 섬 관탈도와 오롯이 큰 섬 추자도가 있다. 맑은 날 제주시 중산간에서 바라보면 제주 섬 같지 않지만, 행정구역상 제주에 속한 추자도를 북쪽 바다 위로 선명하게 볼 수 있다.

큰 섬에 살지만 작은 섬이 그리울 때가 있다. 제주와 관련된 어디나 내 발자국을 남기고 싶은 욕심도 있었다. 그래서 섬 속 섬을 찾았고 첫 여행으로 추자도에 다녀왔다. 추자도는 제주에 딸린 섬이라고 하지만, 제주 사람들이 가볍게 나들이 갈 수 있는 섬은 아니다. 심리적으로도, 지리적으로도 꽤 먼 곳이라 하룻밤을 보낼 일정으로, 미리 계획하고 준비해야 그 섬을 오롯이 누릴 수 있다.

기후변화로 인해 '영광굴비'로 유명한 조기가 추자도 근처에서 많이 잡혀 이제는 추자도의 대표 산물이 되었다. 가을이면 조기 축제를 열 정도로 조기잡이 배들이 추자도를 본거지로 조업을 하고 있다. 그래서 추자도에 가면 꼭 조기 백반을 먹기로 했다. 도보 여행자들에게는 '나바론 해안길'이 유명하다. 영화 '나바론 요새'에서 이름을 가져온 이 절벽길은 오금이 짜릿하게 당길 정도로 아찔하게 솟아있다.

또 낚시꾼들에게는 추자도가 일종의 성지인데, 갯바위에서 쉼 없이 챔질을 하는 강태공들을 볼 수 있었다. 하지만 나는 추자도에서 '정난주와 그 아들 황경한'을 기억하고 싶었다. 약관 나이에 장원급제한 전도유망한 남편 황사영이 '백서' 사건으로 능지처참을 당하고 집안은 풍지박산이 난 채, 기품있던 사대부 규수였던 아내 정난주는 관노가 되어 제주로 귀양 보내진다. 그리고 잠시 정박한 추자도에 핏덩이 같은 아들 황경한을 버려두고 눈물의 이별을 한다. 평생을 관노비로 살면서도 '서울 할머니'로 이웃들을 교화, 후대에는 순교자로 추앙된 정난주의 삶은 얼마나 기구했을까? 그래서 나는 추자도에 더 가보고 싶어졌는지도 모른다.

온평리 마을에는 우리 가족이 다니는 작은 교회가 있다. 주로 동네의 해녀 할망들이 모여 소박하게 예배를 하는 곳이었지만, 60년 전에 터를 잡은 유서 깊은 교회이기도 했다. 육지의 여느 큰 교회들처럼 높은 첨탑을 세운 큰 예배당, 웅장한 성가대와 우렁찬 기도, 쩌렁쩌렁한 설교와 주일날 몰려드는 많은 성도는 없지만, 이곳 작은 교회에는 육성으로만 부르는 나직한 찬송과 내면을 돌이켜 드리는 기도, 심령을 울리는 묵직한 말씀이 있어서 육지에서 상한 심령으로 입도했던 우리 부부에게 큰 위로가 되었다. 수십 년간 온평교회를 묵묵히 맡아 꾸려온 장로님은 도내에서 오래 공직 생활을 하고 있었는데, 때마침 추자 면장으로 일하고 있었다. 면장님은 먼 곳 나들이하기 어려운 교회 할망들을 모시고 추자도 여행을 준비하고 있었다. 우리 가족도 이 여행을 돕고 함께 누릴 겸 일행이 되어 낯설고 먼 추자도행을 함께 했다.

새로 취항했다는 쾌속선은 제주항에서 추자도까지 1시간여를 나는 것
처럼 민첩하게 주파했지만, 작고 빠른 만큼 파도의 요동에도 민감해 큰

바다에 들어서자 바이킹을 타는 것처
럼 솟구쳤다 떨어지기를 반복했다. 아
내와 아이들은 배멀미로 고생을 했다.
나 또한 뒤집힌 속을 느린 호흡으로 다
스리다가 이마저도 힘겨워질 즘 쾌속
선은 상추자도에 접안을 하고 토하듯
우리 일행을 내려놓았다. 단단한 반석
같은 땅에 설 수 있다는 게 얼마나 큰
축복인지를 새삼 느낀 순간이었다.

추자도에는 면사무소와 학교, 가게들이 밀집한 상추자도와 더 큰 섬 하추자도가 있고, 이 둘은 연륙교로 이어져 있었다. 대물을 낚을 수 있는 곳으로 유명해서 낚시가방과 커다란 어구를 소지한 낚시꾼들이 대부분이었고, 추자도 올레길을 걷기 위해 배낭을 멘 도보 여행객들도 눈에 띄었다. 우리 일행은 노인부터 아이들까지 고루 함께했기에 가벼운 산행으로 추자도 등대에 올랐다. 맑은 날 오후, 추자도가 한눈에 들어왔다. 하추자도 넘어 섬생이, 밖미역섬, 청도, 수덕도가 삼각 고깔처럼 솟았고 아득한 쪽빛 바다 화선지에 옅은 먹색이 번진 것처럼 장엄하고 그윽하게 번져 난 한라산은 꿈에서나 그릴 법한 이어도의 풍경 같았다.

알록달록한 지붕을 이은 소박한 집들, 선명한 강아지 발자국까지 아로새겨진 좁고 아늑한 골목길에 석양의 따뜻한 볕이 가득 내리쬐었다. 가벼운 마실 후 어스름한 부둣가에서 아이들과 함께 찌낚시를 했다. 펜션에서 빌린 초보용 낚싯대에 갯지렁이를 꿰어 낚싯줄을 내리자마자 포구에서 떼를 지어 유영하던 고도리들이 득달같이 달려들었다. 큰아이 빈이는 요란한 챔질 없이도 손바닥만한 물고기들을 낚아 올렸다. 한 시간도 되지 않았는데 열 마리 남짓한 물고기들이 양동이 안에서 퍼덕거렸다.

펜션에서 먹은 저녁밥 역시 최고였다. 가정식 백반에 조기 몇 마리 구워 나왔는데도 그 음식 맛이 여전히 기억에 남는다. 남도식 김치와 밑반찬들이 입맛을 돌게 했다. 추자 사람들의 말투도 제주말보다는 목포 말씨에 바닷냄새가 한 숟갈 얹힌 느낌이었다. 행정구역상 제주에 딸린 섬이지만 음식도, 풍경도, 억양도 모두 전라도 섬이었다. 제주 사람 다된 건지, 육지 섬의 풍경과 음식이 이채롭게 느껴졌다. 제주는 내게 일상이 되었나 보다.

이른 아침, 홀로 나바론 절벽길을 올랐다. 조물주가 섬의 반쪽을 두부 자르듯이 날카롭게 자른 것 같은 아찔한 낭떠러지 길을 바투 오르며 망망대해를 바라봤다. 고개를 내밀고 절벽 밑을 내려다보면 하얀 파도가 그르렁대며 부서져 흩어졌다. 정상에 오르니 상추자섬이 한눈에 들어왔다. 밤내 빛을 내며 돌던 하얀 등대를 뒤로 하고 트래킹을 마무리했다.

하추자도에 가서는 이곳에서 어머니를 그리워하며 한평생을 살았다던 '황경한'의 묘역에도 갔다. 지금은 순교자로 인정받아 묘지까지도 성지로 크게 조성되었지만, 바다를 사이에 두고 생이별한 정난주와 황경한의 인생은 말로는 표현 못 할 질곡의 세월이었을 것이다. 한참을 더 걸어가 예초리 바닷가에 세워진 '눈물의 십자가'를 물끄러미 바라보았다. 옛날 옛적의 제주. 가난과 유배의 섬. 지금은 어떨까? 우리 가족의 제주 생활은 어떨까? 갖은 감정들이 눈물의 십자가 너머 푸른 바다 위로 넘실댔다.

돌아올 때는 큰 배를 탔다. 드르르르 나직하게 울리는 엔진소리를
자장가 삼아 큰 방 한구석에 모로 누워 편안하게 추자도 여행을 반
추했다.

# 느닷없던 고요

육지 삶을 마감하고 제주로 떠나오면서 나에게 가장 복잡미묘한 감정을 선사했던 건 바로 '클럽 축구'를 직접 볼 수 없다는 것이었다. 제주로의 이주는 갑작스레 결정된, 어찌 보면 도피의 일종이었기에, 이사로 인한 생겨난 물리적 거리감은 서울과 제주의 거리만큼 그동안 안고 있던 마음의 짐을 크게 덜어주었다. 하지만 클럽 축구, 엄밀히 말하면 '빅버드에서의 수원삼성블루윙즈팀의 리그 직관'을 더 이상 할 수 없다는 사실은, 엄청난 상실감과 동시에 이십 년 묵혀있던 체증을 내리는 것 같은 시원함까지, 양립할 수 없는 감정 모두를 폭포수처럼 내려주었다.

대중적인 야구가 아닌 축구. 그것도 애국심에 불타 응원하게 되 월드컵 국대경기도 아닌, 단지 국내 클럽축구인 K리그의 일개 한 팀,

수원삼성블루윙즈 축구단이 내게 갖는 의미를 어떻게 설명해야 할까? 그리고 더 이상 홈 경기장에서 내 팀의 리그 경기를 꾸준하게 볼 수 없다는 감정을 무엇으로 비유해 설명한다면 이해가 쉬울까? 존재조차도 모르다가 우연한 기회에 만난 후, 한순간에 반해 버려서 십여 년을 불같이 사랑한, 온갖 애증을 함께 해 온 애인과의 갑작스러운 이별 같은 것으로 비유한다면 느낌이 올까? 보고 싶어 미칠 것 같은데도, 서로에게 쉽게 생채기 내는 서툰 사랑 때문에, 만날 때마다 여울져 고인 행복하면서도 아린 감정들로 때로는 신이 나고 때로는 괴로워 잠 못 이루는, 그런 날 것 같은 사랑 같은 것으로 묘사한다면 설명이 될까?

리그 매치데이가 되면, 나는, 경기를 앞둔 시간 동안 심장이 두근두근 펌핑되어 앉지도 못한 채 서성였었고, 경기장으로 향했던 남부순환로와 영동고속도로의 그 길에서는 괜히 손에 땀이 가득 차고 마구 흥분되어서 자동차 엑셀을 밟아 댔으며, 경기장에 도착해서는 경기 시작 전인데도 N석에 서서 끊임없이 응원가와 응원구호를 외치며 내 애정을 보란 듯 주체하지 못하다가, 우리 팀이 한 골을 넣으면 세상 다 가진 듯 포효했고, 반대로 한 골 먹으면 머리를 쥐어뜯으며 탄식했던, 종내에는 우만동 검푸른 밤하늘로 '오오오오! 사랑한다. 나의 사랑 나의 수원, 오오오호! 좋아한다. 오직 너만을 사랑해'라는 신파보다 더한 '나사나수' 응원가를 손을 높이 치켜든 채 눈시울 그렁그렁 부르면서, 어느 놀이동산의 롤러코스터보다 훨씬 굴곡진 감정의 파고를 헤쳐나가곤 했다. 경기를 보고 집에 돌아오는 길은 마치 빗줄기에 흠뻑 젖은 종이들이 찢기고 발겨 검은 차도 위에서 너덜너덜 소멸해 버리는 것 같은 기분이었는데, 신기하게도 차오르는 그 감정만큼 비례해, 쌓아놨던 스트레스의 총량도 스러져 버리는 것 같았다. 어쩌면 나는 매치데이 마다 가정과 회사에서 짊어졌던 일주일의 무게를 경기장에서, 경기장을 오가는 그 길에서 풀어서 헤쳐 놓은 것인지도 모르겠다. 오늘을 이겨내려고, 내일도 버텨 보려고, 최대한 에너지를 끌어모으기 위해 감정의 굴곡이라는 각성제를 필요로 했던 것인지도 모르겠다. 야근 아니면 회식이 전부였던 주중의 저녁에, 내가 앞뒤 재지 않고, "오늘은 일찍 퇴근하겠습니다"고 자리를 박차고 나가는 용기를 줬던 것도 '축구장 가는 것'이 유일한 해방구이었기에 가능했었다.

이처럼 서울의 스트레스 가득했던 직장생활의 버팀목이 되었던 게 바로 '빅버드에서의 축구 직관'이었다. 그러면서도 축구팀을 지지하는 무게 또한 만만치 않았는데, 창공 위로 붕 띄었다가 직전 직하 내리꽂기를 수도 없이 하는 감정의 롤로코스터 외에도, 애정하는 만큼 많은 시간과 큰 돈 역시 들여야 하는 삶의 부채 같은 것이었다.

십여년을 지속했던 직관을 마지막으로 마친 후, 같이 응원하던 소모임 동생에게 연간회원권을 넘기고 돌아서던 그 순간의 감정은 뭐랄까, 내 안의 온갖 감정들이 올올히 살아나 민감한 촉수를 벌려 그날의 햇빛과 그날의 기온과 그날의 습도와 그날의 바람까지 잡아내 반응하던 복잡미묘한 느낌이었다.

제주로 이사를 왔고, 이제는 수원 빅버드에 갈 수 없으니, 더 이상 축구가 주는 조울증의 늪에 빠지지 않겠다고 일부러 다짐까지 했지만, 수원 축구를 보고 싶다는 미련은 내 마음 깊숙이 똬리를 틀고 여전한 갈증을 내려주었다. 이런 내게 일 년 두어 번 있는 수원삼성의 제주원정은 마른 땅에 내리는 단비와도 같았다. 경기일이 다가올수록, 자연스럽게 이날만을 손꼽아 기다리게 되었고 드디어 맞이한 매치데이. 경기를 앞둔 이른 시간에 큰아이와 함께 일주도로를 달려 서귀포 월드컵 축구장으로 향했다. 왜 이리 마음이 쿵쾅대는지 느긋하게 가도 되는 길은 멀게만 느껴졌고 조급증은 크게 일어 결국 불행의 씨앗이 되었다. 앞선 차들이 순조롭게 달리던 길옆으로 마을이 나타났고, 신호등 없는 비보호 좌회전 진입로가 펼쳐진 1차선에서 앞차는 왼쪽으로 진입하기 위해 정차를 했다. 마음이 급한 나는 브레이크를 밟는 대신 엑셀을 밟았고 이내 뒤에서 정면으로 앞차를 추돌하고 말았다. 앞차와 들이받은 내 차 모두 크게 부서졌다. 요란한 사이렌을 울리며 이내 순찰차가 도착했고 곧이어 119구급차도 왔다. 앞차 운전자는 구급차로 병원으로 떠났고, 렉카들이 달라붙어 차 두 대를 모두 견인해 갔다. 가해자가 되어 경찰서에서 조사를 받았고 범칙금과 벌점을 부과받았다. 보험료 역시 크게 할증이 된다고 했고 교통안전교육까지 받는 처지가 되었다. 제주 시내 외곽에 소재한 교통안전공단에서 안전교육을 받다가 점심시간, 마음이 크게 서글퍼졌다. 그날 왜 조급하게 엑셀을 밟으며 운전을 했는지 후회가 밀려왔다. 제주까지 와서 죄인이 되어 처벌받고 있는 내 모습에 화가 나서 점심밥 먹을 생각도 없어져서 방황하다가 가깝게 있는 무수천까지 발길을 내딛게 되었다.

무수천(無愁川)!

이름 그대로 '복잡한 인간사 근심을 없애준다'는 제주의 내창이다. 하릴없이 방황하는 발걸음을 멈추기에 무수천은 딱 어울리는 장소였다. 한라산 어승생악부터 분출되었던 검붉은 용암이 길을 내고 바위틈을 깎아 흐르고 고이며 돌아 바다까지 흘러 만들었다는 거친 내창인 무수천은 가히 절경이었다. 그리고 절경 속에 키다란 고요를 품고 있었다. 제주 도로의 큰 축 중 하나인 평화로가 교각을 통해 내창을 가로지르는 곳이라 사위 가득 요란스럽게 굉음을 내던 차들의 질주 소리가, 무수천에 접어들자마자 감쪽같이 사라져 버리고 느닷없는 고요가 나를 엄습해 왔다.

인적 하나 없는 내창에는 당연히 인기척 하나 있을 리 없었고, 간혹 내창 위 나무숲에서 푸드득 나는 새소리만이 먹먹한 고요를 깨울 뿐이었다. 바위와 내를 뜀뛰기로 건너 상류 방향으로 향해 가니 품 넓은 너럭바위들이 포근하게 나를 맞이해 주었다. 우두커니 홀로 너럭바위에 앉아 있었다. 느닷없이 맞은 고요함 속에 풍덩 빠지고 나니 하루 내 거세게 일었던 마음속 풍랑이 잠잠해졌다. 나를 지배해왔던 짜증과 우울감이 슬그머니 사라지고 고요함을 딛은 평온이 밀물처럼 스며들었다. 아무도 없는 계곡. 가물어 계곡의 물소리조차 잦아든 오후. 십 여분의 짧은 시간, 무수천은 깊은 평강과 휴식을 건네주었다.

아무리 엉망진창인 어제를 보냈더라도, 괜찮다. 오늘을 살아내자.
무수천은 고요를 통해 아주 망한 날은 아닐 거라는 위로를 건네 왔
다. 내 인생은 이제 겨우 전반전만을 끝냈을 뿐이야. 제주에서 맞은
하프타임을 허투루 보내지는 않을 테다. 이제부터 나를 위해 푸짐한
밥상을 차리고 우아한 성찬을 즐겨야지. 인생 후반전은 후회하지 않
을, 든든한 인생을 살아내야지.

이때부터 마음이 번잡해지면 제주의 내창을 찾게 되었다. 제주는 처
음 섬을 찾는 여행자들을 옥빛 가득한 바당으로 유혹한다. 한라산은
진취적인 사람들을 매혹하여 발걸음을 당기고 간혹 물 가득 찬 사라
오름의 산정호수를 차박차박 걷는 기쁨과 짙푸른 호수가 담긴 백록담
의 절경을 수줍게 보여주는 것으로 몇 시간 동안 헉헉대며 오른 등산
객들에게 득의만면한 환희의 미소를 전해 준다. 그리고는 서서히 제

주 동서남북 곳곳에 소담하게 솟아오른 삼백육십여개의 오름으로 이끌어 들인다.

오름에 부는 바람은 탐방객의 이마의 땀을 식혀주지만 소슬하기에 역설적으로 탐방객의 우수를 덮어준다. 이제 제주는 여행객 마음에 크게 여울져 있다. 여행자는 제주를 그리워하게 되고 발걸음 내키는 대로 제주를 떠돈다. 제주의 곶자왈과 숲은 떠도는 여행자들의 안식처가 되어 준다. 유명한 사려니숲길이나 삼다수숲길이어도 좋고 아직은

유명세가 덜한 고살리숲길이어도 좋다. 쭉쭉 뻗은 삼나무 군락이, 때로는 때죽나무가, 까마귀베개나무가, 팥배나무가, 작살나무가, 서어나무가, 졸참나무가, 녹나무가, 비자나무가, 먼나무가, 편백나무가, 이팝나무가 짙은 피톤치드를 뿜어내 숲 사잇길을 걷는 여행자들에게

청량감과 상쾌함을 선사해 줄 것이다. 숲에 한참을 빠져들어 제주 깊은 곳 여기저기를 걷다 보면 내창을 만나게 된다.

교래리에서 발원하여 송당리를 거쳐 신천리 앞바다까지 돌무더기 가득 들어찬 물줄기, 천미천은 제주에서 가장 긴 내창이다. 화산토라 물이 쉽게 빠져버려 내창들이 늘 메마른 모습만 보이는 제주에서 보기 드물게 호수를 이룬 진수내는 유명한 커피숍인 블루보틀이 가까이 생기는 바람에 많은 이들이 찾는 명소가 되어 버렸다.

오월이 되면 진수내에 때죽나무꽃이 꽃비가 되어 내린다. 장마철 장대비가 내리면 작은 엉또폭포라고 불리는 녹산폭포도 천미천 줄기가 만들어내는 장관이다. 한라산 둘레길을 걷다 보면 수도 없이 건너야 하는 신례천과 효돈천 상류의 지류들은 우왁스럽고 거칠었던 태고의 제주를 보여주는 것 같다. 집채보다 큰 바윗덩이들이 떠밀려 구르다 멈추고 파편 같은 작은 돌멩이들이 흩뿌려진 내창은 말할 수 없는 탄식과 같은 원시적인 감정을 풀어 나를 헤쳐 놓았다. 울창한 숲과 절벽, 검푸른 물빛으로 한낮에도 어두컴컴한 해그문이소에 앉아 있노라면, 뭐랄까 내 안 깊숙이 숨겨져 있던 원초적인 공포감이 스멀스멀 기어 올라와, 인간 군상 사이에서 생겨난 스트레스쯤은 하찮고 쓸데없는 기우일 뿐이라고, 장엄하게 엄습해온다. 영천이 품은 원앙폭포는 말해 무엇하랴. 에메랄드빛 고운 폭포수는 반전의 매력이 있어 팔월 가장 더울 때라도 얼음장같이 담근 발뿐 아니라 온몸이 소스라칠 정도로 얼어붙게 만든다.

창고천이 빚은 안덕계곡은 그야
말로 내창의 백미인데, 기암절
벽이 강남 테헤란로 거리의 빌
딩들처럼 수직으로 둘러쳐 있고
큰 도로에 끊임없이 자동차들이
밀어닥치듯 평평하면서도 단단
한 암반으로 맑은 물이 쉼없이
흘러내린다.

절벽 위로는 구실잣밤나무, 참
실나무, 호박나무, 보리장나무,
담팔수, 상사화 등 나로서는 구
분 못할 제주의 자생나무들이
원시림을 이루어 세상과 완벽한

차단제가 되어준다. 굳이 앉을만한 곳을 두리번 거리지 않더라도 널
직한 바윗돌에 양반다리로 앉는 순간 안덕계곡은 나에게 '느닷없는
고요'를 선사해 주었다. 침묵한 채 하늘만 뻥 뚫린 계곡에서 멍하니
시간을 보내다 보면, 마음속 상처와 잡스런 생각들이 저녁 연기처럼
사라져 버렸다.

# 제주여행에 대한 단상

제주살이를 막 시작했던 내게, 친분이 있는 육지 사람들이 제주여행을 화두로 대화를 건네오기 시작했다. 누군가는 이렇게 말했다. "일주일 여행하면서 제주도 다 돌아봤어. 이제 작은 섬 웬만한 곳은 다본 것 같아." 그는 빈말이 아닌 것을 증명이라도 하듯이, 그 당시 나는 가보지도 못했던 제주 동서남북의 유명한 해변들과 관광지, 한라산과 몇 곳의 오름 그리고 곳곳에 산재한 다양한 맛집들을 읊어대며 제주여행에 대한 해박한 경험과 지식을 자랑하곤 했다. 다른 누군가는 그랬다. "제주에 며칠 여행 갈 예정인데, 평온이가 코스 좀 봐줘. 하루는 애월에서 자고 하루는 서귀포에서 묵어".

대부분 그랬다. 며칠 되지 않은 휴가에 얽매인 바쁜 현대인들이다 보니, 빨리빨리 이왕이면 가급적 많은 곳을 다녀볼 요량이 그들의 여행 동선 곳곳에 묻어났다. 핫한 곳의 동선을 연결하다 보니, 애월에서 성산으로, 제주 시내에서 서귀포 시내로 순간이동 같은 마법을 부리며 동에 번쩍, 서에 번쩍 제주도 곳곳을 훑는 것이다. 부산하게 움직일수록 인스타그램에는 뷰맛집에서의 인증샷은 쌓여가고, '좋아요', '엄지척'도 늘어갈 것이다. 세상은 넓고 볼만한 풍경한 맛있는 먹거리가 넘쳐나니, 얇지만 너른 여행을 향한 여행자의 욕망의 경계는 더 넓게 확장 될 수 밖에 없을 것이다.

나 역시도, 그랬다. 나의 첫 제주여행을 반추해 보면, '제주 완전정복'이라는 사명을 가진 사람처럼 쉬지 않고 제주를 훑고 다녔었다. 아내, 아이와 동행했던, 서른 살 넘어서의 늦깎이 여행이었는데, 늦게 온 만큼 욕심도 과해, 협재해변 인근에 낡은 숙소를 잡아놓고, 밥 먹는 시간도 아까워 컵라면으로 허기를 때우는 미친 짓을 해가면서, 한림공원부터 서귀포 주상절리와 테디베어 박물관을 지나 성산일출봉을 오르고, 우도 서빈백사 해변까지 찍는, 지금 생각하면 이건 여행이 아니라 강행군 아냐? 라고 절규할 만큼의, 무모한 일정을 강행하곤 했었다. 지나고 한 말이지만 아내는, 갓 걷기 시작한 아이를 돌보느라, 방방 뛰며 여기저기 제주를 헤매느라 넋이 빠진 남편을 따라다니느라 진이 빠져서, '가족의 첫 제주여행'이 무척 싫었다고 했다.

나의 두 번째 제주행은 전보다 더한 여정이었는데, 아내가 생일선물로 받고 싶은 선물을 말해보라고 하길래, "나 홀로 여름휴가로 제주도 여행을 가고 싶다"는 속내를 덜컥 뱉어버린 것이었다. 그때는 사진에 푹 빠져 지냈던 때라, 시간과 자유가 주어진다면, 남 못지않은 화려한 색감의 사진들을 찍을 수 있을 것이라는 근거 없는 환상과 자신감을 갖고 있었다. 사진집을 볼 때마다 날 설레게 했던 김

영갑과 서재철 작가의 발자취를 따라다니다 보면, 그들이 담았던 제주의 파란 하늘, 비췻빛 바다, 검은 바윗돌이 어우러진 사진을 나도 흉내 내보고 싶다는 욕망이 발화되어 버린 것이다.

한여름 뙤약볕 속에서도 렌트카를 빌려 타고, 첫날은 제주공항에서 용두암을 시작으로 삼양동 검은모래 해변, 명도암 양떼목장, 삼다수목장, 에코랜드, 다랑쉬오름과 용눈이오름을 올랐다가 성산일출봉 아래 게스트하우스에서 제주의 첫날 밤을 맞이했었다. 분수도 모르고 눈치도 없이 청춘 남녀들의 눈빛들이 잉걸불로 서로를 향해 불타오르던 밤 파티에 껴서 고기만 굽다가 민망함과 피곤함에 조용히 이층침대 한켠에 쓰러져 잠이 들었다.

둘째날 역시, 동트기 전 새벽에 일어나 광치기해변에서 일출을 맞이한 후, 폐허로 남은 성산수고 옛 교정을 찾아간 다음, 아침으로 해장국을 먹고, 섭지코지에 들렀다가, 삼달리 난드르를 헤맨 후, 따라비오름을 올랐다. 바다 쪽으로 방향을 틀어 쇠소깍에 갔다가 정방폭포에서 폭포수를 맞았고, 서귀포와 화순해변을 거쳐 모슬포 알뜨르 비행기 격납고에서 다중노출 사진까지 찍고 난 후, 산방산 근처 게스트하우스에서 하룻밤을 지냈다.

셋째날은 사계해변에서 아침을 맞은 후, 금악리 나홀로나무와 그리스신화박물관, 새별오름, 이시돌목장의 테쉬폰, 저지리 순례와 저지오름, 명월리 폭낭과 성지를 둘러본 후, 금능해변에 가서 해수욕을 하고 제주시내로 가서 렌트카를 반납한 후 버스를 타고 제주 동부로 넘어와 세화리의 게스트하우스에서 묵었다.

마지막 날에는 올레1코스 시작점에 가서 말미오름을 올라갔다가 배를 타고 우도로 넘어가 자전거로 우도 한 바퀴를 돈 후, 공항에서 비행기를 타고 집으로 득의양양 귀환했더란다. 그때는 무척 득의양양하게 제주 한 바퀴 반을 쉬지 않고 달리며 한 여행에 나름 흡족해 했었는데, 지금 생각해 보면 다시는 못할 '미친 여행'이었다.

이처럼 탐닉하는 제주여행에 빠져 있다가, 여행을 대하는 자세가 바뀐 계기가 있었다. 바로 갤러리 두모악에서 김영갑 사진가의 연작들을 접한 것이었다. 사진가의 시선으로 담긴 6×17 판형의 파노라마 사진에 담긴 제주의 풍경에는 단순히 예쁘다, 멋스럽다, 굉장하다 같은 느낌으로 표현하기 어려운 무언가가 더 담겨 있었다. 한때 폐교되어 생명력을 잃었던 공간의 흰 벽에 인화되어 걸린 사진들은 나를 왠지 모를 고독으로 이끌었고 애절한 마음을 더해 주었고 종내에는 큰 둔기가 되어 내 심장을 쿵쾅쿵쾅 때려대기 시작했다.

김영갑 작가는 평생을 홀로 살았다. 제주도에 정착한 후에는 섬사람이 아닌 가진 것 없는 뭍의 사람으로, 늘 끼니를 걱정하고 차비조차 없어 중산간을 걸어 다녀야 하는 외롭고 고된 인생을 살았다. 하지만 사진기의 뷰파인더 앞에서는 어느 누구보다 부유했고 자유

스러웠다. 1/1000초 같은 찰나의 상이 맺히는 필름에 사진가는 긴
호흡을 담아내었고, 그 덕에 우리는 두모악 갤러리의 흰 벽에 박제
된 작가의 시간에서 오름 위를 떠도는 바람의 흔적을 여전히 맛보고
있다. 사진가가 무심하게 응시하던 사각형 뷰파인더는 작았겠지만,
필름 한 컷에 담긴 제주의 하늘과, 오름과, 나무와, 억새와, 산담과,
바람이 어우러진 작가의 감정은 사진을 바라보는 관람객에게 깊게
스며들어 고인다. 제주라는 공간으로, 사진기라는 장비로 스스로를
옭아맨 채 자신을 부수었던 김영갑 작가는 비로소 누룩처럼 번지는
관람객들의 시선을 통해 완전하게 자유케 되었을까?

"긴긴 세월 동안 섬은 늘 거기 있어왔다.
그러나 섬을 본 사람은 아무도 없었다.
섬을 본 사람은 모두가 섬으로 가버렸기 때문이다.
아무도 다시 섬을 떠나 돌아온 사람이 없었기 때문이다."

나는 제주에서 나만의 이어도를 만나고 싶었다. 김영갑 작가가 담아
낸 제주의 바람을 담고 싶었다. 이제는 멈춰야 했고, 오래 기다려야
했다.

정착해 살아보니, 제주라는 섬은 여행자들이 주마간산처럼 단번에
훑을 수 있는 작은 섬이 아니라는 것을 이내 깨닫게 되었다. 크기뿐
아니라 섬에 켜켜이 쌓인 제주 사람들의 삶의 질곡은, 알게 될수록
경이로워 인문학적인 궁금증이 꼬리를 물게 되는 것이다.

은빛 모래를 배경으로 청아하면서 맑은 바다와 검은 현무암을 바탕
으로 짙고 검푸른 심연의 바다를 함께 품고 있는 섬, 원시림의 곶자
왈이 한라산 국립공원 구역으로 보존되고 있는 섬, 368개의 크고 작
은 오름들이 원추형으로, 말굽형으로 분출되어 굳은 섬, 용암이 흘
렀고 바위가 구른 내창이 할퀸 상처처럼 날서있는 섬, 미지의 용암
동굴들이 여전한 숨골이 되어 맑은 삼다수를 여과하고 있는 섬, 그
리고 몇 개 탐방로만을 열어 자신의 진면목을 아주 살짝 보여주고
있는 한라산을 품고 있는 섬. 그리고 그 섬을 딛고 사람들이 역사의
한면 한면을 새겨 수놓았던 섬. 삼별초는 토성을 쌓아 저항했고, 민
초들은 환해장성을 둘렀으며, 테우리들은 잣성에서 말들을 길러낸
섬. 광해임금이 왕위를 빼앗긴 채 쓸쓸한 노년을 보내야 했던 섬, 요
승이라는 오명까지 뒤집어쓰며 쇠락한 불교를 중흥하려 했던 보우
스님이 결국 맞아 죽어야 했던 섬, 반대로 송시열 등 유학자들은 오
현으로 추앙을 받았던 섬, 조선 제일가는 천재, 추사 김정희가 외로
움을 자양분 삼아 고졸한 추사체를 완성하고 세한도를 그렸던 섬,
신앙을 지켜내다가 노비가 되어서도 끝까지 성인의 삶을 살아냈던
정난주의 고난이 묻어있는 섬, 객주로 모질게 번 돈으로 흉년에 구
휼에 나서 지금까지 귀감이 된 김만덕이 살았던 섬. 게와 해초로 배
고픔을 견디며 은지화를 그리며 화가로서의 정체성을 지켰던 이중
섭의 자취가 묻어난 섬. 이제는 매달 백만 명 넘게 찾아와 즐기는 대
한민국 최고의 관광지이기도 한 섬. 그리고 여전히 육십여만 명의
제주 사람들의 터전이 되어주는 섬. 그런 제주도의 과거와 현재가

눈에 들어오기 시작한 것이다. 어찌 본다면 본연의 제주 모습을 외눈박이로만 보다가 비로소 두 눈으로 온전히 바라보게 되었다고나 할까?

당연한 말이겠지만 제주도민들에게 제주는 그들의 인생이 오롯이 녹아든 큰 섬이다. 토박이들은 한라산을 중심으로 산북과 산남으로 구분지어 부르는데, 날씨와 온도가 사뭇 달라져, 비가 오는지 바람이 부는지 햇빛이 와랑와랑한지 산을 넘어가 보지 않고서는 종잡을 수 없다. 또 제주에 살다 보면, 가장 먼 길을 간다고 하더라도 한 시간 반 남짓인데, 동쪽과 서쪽을 오가는 일은 체감상 아주 먼 길을 나서는 심정이 된다는 것이다. 동쪽 사람들에게 "오늘 애월 바다나 보러 갈까?" 하는 말은 서울 사람들에게 "기분도 그런데, 우리 동해 바다나 보러 떠날까?" 하는 것과 비슷한 의미로 다가온다. 통근 시간의 개념도 현저히 변해 버려서 서울에서는 아무렇지도 않게 다니던 한 시간 남짓의 출퇴근 시간이 제주에서는 도무지 출퇴근 할 수 없는 멀고 먼 시공간으로 치환되는 등 육지와는 다른 현상이 펼쳐진다.

지리가 사람에 미치는 영향을 제주에서 즉각 목도할 수 있는데, 제주 시내와 촌의 경우, 말씨와 억양도 꽤 달라서, 이제 제주말에 익숙해져서 웬만한 건 눈치껏 알아먹는다고 안심했다가, 시골마을 미용실에 가서 할망들과 말이라도 섞는다 치면, 내가 외국에 와서 한마디도 못 알아듣는 게 아닌가 하는 절망에 빠져들기도 한다. 제주토

박이들은 출신 지역에 따라 성품도 약간 다르다고 하는데, 제주 사람들도 동쪽 사람들의 드센 기운에는 혀를 내두르곤 한다.

제주도민으로 살다 보니, 제주는 비로소 큰 섬이 되었다. 그것도 아주 큰 섬으로 확장이 되어, 제주 동쪽에 사는 우리 가족이 한림이나 애월을 가는 것은, 명절 때 고향집에 가는 것 같은 마음의 준비가 필요해졌다. 홍길동처럼 동에 번쩍, 서에 번쩍하던 나의 여행 스타일도 바뀌어서 이제는 가까운 여행지 한 곳에서 시간을 오래 보낸다. 오름을 오르다 곶자왈을 걷다가, 또는 바닷가를 서성이다가 가만히 불어오는 바람을, 스며드는 흙냄새를, 바당이 뿜어내는 습기의 농도와 서로 어우러져 뭉친 그곳만의 질감을 느껴보려 한다. 멈춰야만 비로소 보이는 제주의 풍경들이, 그리고 그 풍경 속에 녹아있는 제주도민들의 삶의 애환들이 나를 여전히 끓어 오르게 한다.

# 간세걸음으로 제주올레길
# 한 바퀴

오랫동안 제주 올레길을 걷는 사람들을 부러워했다. 읽은 책으로 따진다면 이미 여러 번 완주했을 것이다. 올레길을 연 서명숙 작가의 '놀멍 쉴멍 걸으멍 제주걷기여행', '꼬닥꼬닥 걸어가는 이 길처럼' 같은 대표적인 책부터 올레길을 인문학에 연결한 책, 드로잉북까지도 찾아 열독했다. 읽을수록 간세 걸음으로 올레길을 한 바퀴 휙 돌고 싶다는 열망이 커졌다.

제주 올레길 걷기 열풍이 분 지 꽤 오랜 시간이 흘렀다. 그동안 많은 도보 여행자들이 꼬닥꼬닥 올레길을 걸어갔을 것이다. 드라마나 영화, 음악까지도 유행이 지나 그 열기가 사그라진 후에야 보고 듣기를 좋아하는, 언제나 뒷북치기를 선호하는 나에게 올레길은 딱 알맞은 길이었다. 수북수북 부풀었던 거품은 꺼졌지만, 여전히 걷는 사람들의 온기가 남아있는 이 길에는 곳곳마다 친절하게 간세가 길을 안내하고 있고, 리본이 나부끼는 길은 해안도로를, 곶자왈 숲길을, 오름으로 향하는 소로들을 품고 있었다. 세상이 급변하는 만큼 제주 역시 시시각각 변하고, 올레길 풍경 역시 성큼 변화하고 있지만, 여전히 제주에 빠져든 사람들은 올레길을 걷고, 길 위에서 깊은 제주를 만난다. 그리고 나도 역시, 품고만 있던 제주를 올레길에서 만났다.

제주에 이사를 와서, 처음 들인 습관은 바람을 맞는 일이었다. 그리고 시간을 내서 올레길을 걸었다. 올레길 시작과 중간, 종점에서 인증 도장을 찍을 올레 패스포트도 샀다. 보통은 반 코스씩 걸었고 여유가 있을 때는 한 코스를 걸어냈다. 아내와 걸을 때도, 아이들을 앞세운 채 걷기도 했지만 대부분 혼자 걸었다. 무엇보다 육지에서는 쉬이 들을 수 없던 다양한 새들의 지저귐을 들을 수 있어서 행복했다. 걷다가 흠칫 놀라긴 했지만, 푸드덕 푸드덕 날아오르던 장끼와 까투리의 부산한 날개짓을 좋아했다. 인기척에 놀라 노루와 고라니가 갑작스레 뛰던 난드르의 풍경을 사랑했다. 그리고 제주를 아우르며 비단결처럼 흘러내리던 바람을 맞았다. 와랑와랑 거리는 햇볕을 참 좋아하는데, 그늘진 빌레 위에 걸터앉아 맞는 바람은 상쾌했다. 올레길을 다녀온 날에는 일기를 썼다. 길은 글을 불러오는 마법을 부렸다.

올레길은 내게 제주에서 살아낼 용기를 주었다. 걷다 보면 자연스럽게 몸과 마음에 힘이 들어갔고, 긍정의 사고가 돋아나 예견할 수는 없겠지만 왠지 잘될 것 같은 느낌이 오븐 속 빵처럼 부풀어 올랐다. 오늘뿐 아니라 내일까지도 책임질 것 같은 이글대는 불길을 피어올랐다. 더해서 올레길의 고요 속을 걷다 보면, 자연스럽게 나도 침묵하게 되는데, 그 침묵이 참 달았다. 침묵 속에서 길어 올린 내면의 자존감은 한 여름 깊은 우물물처럼 청량하여서 뭔지 모를 내 안의 갈증을 씻어주었다.

올레길 위, 내딛는 걸음 따라 생각의 그림자는 앞서거니 뒷서거니 동행을 하게 되어, 여로에 두서없는 짧은 생각들이 흩뿌려진다. 그러다가 간혹 파편 같던 단상들이 일목요연하게 정리되는 행운을 얻기도 한다. 물론 15km 내외의 길을 걷는 것이 내 육체로는 만만치 않아, 어느덧 무념무상, 절뚝임, 갈증과 허기가 자연스럽게 따라오지만, 길은 걸은 걸음만큼 생각하는 법을 가르쳐주어 나를 풍요로 살찌운다. 패스포트 한 장 한 장, 도장의 개수가 느는 만큼, 내 생각 역시 한 뼘씩 자라나는 것을 보게 되었다. 내가 걸어간 올레길 곳곳을 떠올릴 때마다, 그 길에 묻어난 내 상념의 흔적들이 각양의 물감을 풀어놓은 팔레트처럼 화려하게 번져나가 내 뺨에도 홍조가 물든다.

# 윤슬처럼 반짝였던 행복의 순간들

"금요일 저녁, 퇴근하는 차량이 몰려 올림픽대로와 강변북로 모두 양방향 정체가 상당합니다. 강변북로는 마포대교 북단부터 성수 분기점까지 거북이걸음을 하고 있고요. 올림픽대로 역시 답답한 소통 흐름을 보이고 있습니다. 내부순환로와 동부간선도로, 서부간선도로 역시 정체 구간이 많으니, 안전운행 바랍니다. 이상으로 57분 교통정보입니다."

금요일 퇴근길, 같은 시간. 지금 나는 따스한 석양이 백미러에 부서지며 내 눈을 따갑게 간지럽히는 것을 실눈으로 즐기며, 오름 군락

들이 펼쳐진 제주의 동부 중산간 길을 시원스럽게 달리고 있다. 차
장을 열고 오름 풀냄새를 잔뜩 머금은 청량한 바람을 맞으며 말이
다. 라디오 교통정보에서 들려오는 서울의 답답한 흐름과 정체는 이
제 남의 나라 이야기처럼 스치는 도로로 쏟아져 흩어지고 만다. 작
년만 하더라도 나는 꼬리에 꼬리를 문 올림픽대로 차량 행렬의 한점
이 되어 기약 없는 퇴근을 하고 있을 참이었다. 하루 내 격무에 시달
려 지친 마음과 주말을 앞둔 싱숭생숭한 감정이 버무려져, "에잇! 몰
라. 이건 다음주에!!!" 부리나

케 책상을 정리하고 나섰지만,
도로 위를 긋는 선이 되지 못
하고 주저앉은 점이 되어 버렸
던 작년 같은 시간, 잔뜩 심술
이 나 부렸던 짜증 가득한 출
퇴근길은 이제 오름 사이로 스
러져가는 저녁노을처럼 먼 과
거의 아련한 추억으로 남아버렸다. 내 입술에 미소가 번지는 퇴근길
이다.

"제주에서 행복했던 순간이 언제야?"

혹 누가 이렇게 묻기라도 한다면, 나는 배지근한 웃음을 머금고 끝
도 없는 이야기보따리를 풀어낼 자신이 있다.

민망하지만 그중 첫 번째는 직장인들이라면 질끈 눈을 감고 싶을 출퇴근길 이야기다.

"중산간 길을 오가는 출퇴근길이 늘 새로웠어요. 길 위에서 시간여행을 한다는 기분이 들었거든요. 계절의 흐름을 내 몸, 세포 곳곳, 시각, 청각, 촉각, 후각으로 느낄 수 있었어요. 안개가 나직하게 몽환적으로 깔린 난드르 지천에 갯무꽃이 흐드러진 길 위를 달리면 콧노래가 절로 나와요. 유채꽃이 노랗게 번질 때면 마음에도 왠지 모를 평화가 찾아왔어요. 그냥 포근해져요. 신록이 넘치는 여름 길 역시 계절의 변화를 올올히 느끼게 해줬어요. 이 길 위로 느닷없이 꿩이 푸드득 날기도 하고요. 한라산 노루가 난드르를 경중경중 뛰는 모습에 "하하핫~" 감탄사와 함께 흥겨움 역시 껑충껑충 튀어 오르거든. 어떤 날은 스러지는 풍경에 넋을 잃고서는, 달리던 차를 멈출 수밖에 없어요. 갓길에 정차하고서, 석양이 물들이는 붉은 한라산을 사진에 담고 있노라면, 더해서 시원한 바람이 불어오곤 했는데, 저절로 "아! 살맛 난다"라고 감탄하곤 해요. 제주에서는 꽤 먼 45Km 출퇴근길은 멋진 오름들 사이로 나 있는데, 해가 긴 여름 저녁에는 구둣발 차림으로 오름에 올라가 굼부리를 휘적휘적 돌기도 했어요. 그저 잠깐의 무심한 산책길이 야생화가 지천인 백약이오름이기도 했고 영주산이기도 했고 아부오름이기도 했지요.

한여름 철에는 맹렬한 햇빛이 야윈 늦은 오후에 아이들이 해수욕장에서 놀기도 하는데, 퇴근길에 함덕해변이나 표선해변에 들러 아이들이 물놀이 하는 것을 바라보는 소소한 기쁨도 있었어요. 관광객들은 미리 준비하고 휴가를 내야만 누릴 수 있는 아주 특별한 시간을 우리 가족은 보통의 일상으로 누릴 수 있는 거죠. '지꺼진' 아이들을 데리고 집에 가는 길은 무엇과도 바꿀 수 없는 행복한 순간으로 기억에 남아있어요."

더불어 행복했던 순간을 꼽으라면, 나 혼자 걷는 시간이었다. 특히, 숲길 걷는 것이 좋았다. 여행자들이 넘실대는 제주지만, 이 섬은 크고 넓어서, 이름나지 않은 숲들에는 인적없는 고요가 가득 차오른 별세계가 펼쳐져 있다. 울창할수록 숲은 어둡다. 시간의 흐름에 따라 검날처럼 번쩍이는 햇빛은 숲에 온기를 선사했고, 무요해 보이는 사물들에 진한 의미를 부여하곤 했다. 물고기처럼 나무 사이로 유영하는 공기, 풀과 나뭇잎들이 서걱대는 소리, 흙이 내뿜는 숨결에 내 오감이 일제히 깨어나 올올이 소름이 돋으면, 숲을 걷는 내내, 제주에 살기를 잘했다는 벅찬 자부심이 차올랐다.

그리고 한라산이다. 백록담을 볼 수 있는 성판악과 관음사 코스, 윗세오름까지 걷는 영실과 어리목 코스, 남벽 분화구 밑 돈내코 코스를 봄, 여름, 가을, 겨울, 사계절 가리지 않고 오르내렸다. 날 좋을 때는 융단처럼 깔린 제주의 풍광을 발아래 두며, 비가 올 때는 방수 잘 되는 등산복으로 몸을 여민 채, 곰탕처럼 뿌얀 대기가 스멀스멀 시야를 가릴 때는 꼬닥꼬닥 앞만을 바라보면서, 큰 눈 온 후 막혔던 길이 열리면 누구보다 먼저 온통 하얀 세상에 뽀득뽀득 발자국을 남

기며 한라산을 올랐다. 걸으면 그냥 좋았다. 아무 생각 없이 경치에
취해 걷다 보면 허벅지에 짜르르 흐르는 전기 같은 당김이 느껴졌
다. 잠시 멈춰 숨을 고르면 등 뒤를 흐르던 땀은 식었고, 상쾌한 한
라산의 공기가 나를 맑게 해주었다. 걷다 보면 허리가 곧추섰고 힘
은 솟아나 팔을 힘차게 흔들며 걸었다. 복잡하게 얽힌 상념들에서
벗어나 생각은 직관적이고 단순해졌다. 이것이 한라산이 허락한 지
혜일 것이라고, 한라산이 내게 들려주는 말이라고 여겼고, 그 생각
들을 사랑했다. 나도 한라산의 일부가 되고 싶기 때문이었다.

욕심내지 않고 사라오름까지만 가도 좋았다. 분화구에 물이 가득 들
어차 동그랗게 푸른 하늘을 담은 호수를 맨발로 덤벙덤벙 파문을 내
며 걸을 때는 차가운 물의 감촉만큼 짜릿한 감정이 탄산수처럼 분출
되었다. 어승생악을 올라도 좋았다. 웅장한 한라산이 떡 벌어진 어
깨를 한껏 자랑하는 풍경을 보는 것을 사랑했다. 산세를 보지는 못
하지만 사람들이 오랜 기간 다니며 다져놓은 천왕사에서 석굴암까
지의 작은 길을 걸어도 좋았다. 부드러운 숲과 한라산이 제주섬 곳
곳으로 뿌려놓은 내창을 품은 한라산 둘레길은 어떤가? 진출입로가
고약해 들어서기 힘난했지만 입장하자마자 푸른 융단을 깔아 환영
하는 상냥함을 가진 둘레길은, 은하수처럼 점점이 빛나는 순간을 선
사해 주었다.

# 제주, 아름다운 시절

제주에 산다면 꼭 누려야 하는 풍경들이 있다. 그 계절, 그 풍경을 마주할 때, 비로소 내가 제주에 살고 있음을 실감한다.

큰 눈이 내리면 한라산에 가야 한다. 팔팔 끓인 커피를 보온병에 담고 아이젠을 찬 등산화를 탁탁 눈밭에 내디디며 설국을 걸어야 한다. 키 큰 나무들 위로 맺힌 상고대에 탄성을 내지르다가 새근팔딱 가쁜 숨을 몰아쉴 즈음 접하게 되는 새하얀 눈 세상. 키 낮은 관목들은 함박눈에 파묻혀 간 곳 없고 사방이 온통 하얀 고원 위로 검은 현무암 분화구가 우뚝 선 한라산의 남벽을 봐야 한다.

봄이 되면 유채꽃과 벚꽃이 지천인 가시리를 드라이브하고 삼성혈 고운 한옥 처마에 드리운 은은한 벚꽃에 취해야 한다. 벚꽃이 사위면 감사공 묘역에 가 늦은 만큼 더 화사하게 피어오른 겹벚꽃의 향연을 즐겨야 하고, 맑게 번져 흘러넘치는 햇빛에 소금처럼 반짝이는 메밀꽃이 넘실대는 오라동 메밀밭에 가서 푸르러 가는 한라산과 어승생악 풍경을 눈에 담아야 한다. 봄이 다한 것 같은 오월의 말일이 되면, 한라산 중턱 선작지왓에는 비로소 봄의 왈츠가 흐르기 시작한다. 넘실대는 구름의 그림자에 연분홍 농담이 번져가는 철쭉길 사이로 데크길은 윗세오름까지 뻗어있고 그 길을 타박타박 걷노라면 '제주에 오길 정말 잘했다'라는 자신에 대한 뿌듯한 칭찬이 여과 없이 흘러나온다. 6월이 되면 알록달록 피어난 혼인지의 수국길을 노닐어야 하고, 수국이 타 메말라가면 세미양오름이나 궷물오름 숲길에 빼곡히 피어난 산수국의 향연에 빠져들면 그만이다.

녹음이 짙어지는 여름이면 요때만 문을 여는 사려니숲길의 물찻오름을 예약하는 수고로움을 더해 애써 찾거나 한남자연시험림의 삼나무 숲길을 걷는다. 삼나무 숲길이 흔한 제주라지만, 두 팔 가득 안아도 감싸지 못할 아름드리 삼나무들이 하늘로 줄기를 높고 곧게 뻗치는 모습은 보지 못하면 느낄 수 없는 장관이다. 바당에서 스노클링을 하면서 제주의 여름을 만끽하는 것도 좋은데, 이왕이면 멀리 찾아가는 수고를 더하더라도 팡팡이덕과 살레덕 같은 아직 사람들 손이 덜 타 깨끗하고 이국적인 비췻빛 해변에서 바다를 헤엄치는 것도 제주에 사는 사람들이 누릴 수 있는 사치스러운 호사다.

가을이 되면 제주는 억새가 지천이다. 굳이 산굼부리 같은 억새 명소를 찾지 않더라도 동부 중산간 난드르를 발길 내키는 대로 걷노라면 억새와 부대끼며 바람이 뱉어내는 자연의 노래가 내 마음 가득 적시고 남아 이곳저곳 부풀어 오르기도 한다. 가을 붉은 단풍을 보고 싶다면 천아오름 계곡으로 가면 그만이다.

황홀하리만큼 멋진 제주의 사계절에서도, 사월의 봄날에는 청보리가 일렁이는 가파도에 가야 한다. 오돌또돌 한기라고는 전혀 느끼지 못하는 따뜻했던 봄날에 의도치 않게 덜컥 독감에 걸려 버렸던 어느 날. 회사에서는 감염을 염려했는지, 며칠의 휴가를 선심 쓰듯 베풀어 주었다. 아픈 것이 가신 남들 다 일하는 주중의 어느 날, 아내와 함께 모슬포항에서 가파도행 배에 올랐다. 청보리 축제가 열리기 전, 태풍전야와 같은 날이어서, 가파도에는 관광객들이 아주 많지 않았다. 그래서 그날, 아내와 나는 마치 다시 이십대의 연애 시절로 돌아간 것처럼, 손을 맞잡고 청보리가 춤을 추는 가파도에서 춤을 추듯 걸었다. 바다 위로 솟아오른 가파도는, 고맙게도 어느 섬 모두가 하나쯤 가졌을 법한 야트막한 언덕 하나도 우리에게 내어주지 않아, 안온하고 편안한 산책길을 우리에게 허락해 주었다. 가파도 길을 사뿐히 걸으면서, 여전히 조금은 남아있던 독감의 자락들을 그 길 위에 떼어낼 수 있었고, 모처럼 나는 몸과 마음 모두 가뿐하게 일상으로 복귀하게 되었다. 바람결에 간질간질 살랑이던 청보리의 은빛 수염들이 내 마음 구석구석 빗질을 싹싹 해 대었던 4월의 하루는 중년의 해묵은 내게도 싱싱하고 풋풋한 청년의 때를 기억나게 해 주었다.

# 온평리를 떠나요

어느덧 제주에 온 지 이태가 지났다. 아이들은 제주에서 한 뼘 더 자랐고, 우리 부부의 일상은 제주에서 아주 오래 산 사람들처럼 덤덤해 지고 있었다.

회사로 돌아온 지도 일 년이 지났기에 풍족하지는 않더라도 여러모로 우리네 제주살이에 안정감이 더해졌다. 시간을 내서 제주 곳곳을 쏘다니는 여행자의 기질은 여전했지만, 이제는 제주라는 환경 속에서 직장인으로서, 생활인으로서, 세 아이를 키우는 학부모로서의 삶에 더 많은 에너지를 쏟고 있는 셈이었다. 덤덤한 일상이었지만, 느릿느릿 되돌아보고 곱씹어보기를 좋아하는 내 딴에는 나름의 치열한 삶을 하루하루 제주에서 사는 중이었다. 되돌아보니, 이런 보통의 삶이야말로, 우리 가족이 제주에 온전히 적응했다는 증거가 아닐까 싶다.

사실 생계안정과 주거공간만큼 부모를 미혹하고 실족하게 하는 '발뒤꿈치를 무는 뱀'이 어디 있을까. 입도 초기에 일용할 음식과 마음 편히 몸을 누일 수 있는 한 칸짜리 집의 소중함을 뼈저리게 느꼈기에, 적응을 넘어 정착이 필요한 시기를 마주하자, 새로운 고민과 맞닥뜨려야 했다. 제주에서 아이들을 키워야 하는 현실적인 문제들, 가령, 중학교나 고등학교 진학시 통학문제라든지, 시내에 있는 회사 사무실까지의 출퇴근이라든지, 오래 안전하게 살 수 있는 집 문제 같은 것들 말이다. 물론 지금의 삶 역시, 나에게는 분에 넘치는 은혜 가득한 삶이라고 여기며 감사하지만, 변화하는 미래에도 변치 않는 제주 생활을 살기 위해서는 여러 준비를 해도 나쁘지는 않을 것이다.

육지 생활에 비한다면 제주 시골 온평리의 삶은, 뭐든 한결 줄어든 '미니멀라이프'이었으므로, 소요되는 생활비 역시 작아서, 그 덕에 부을 수 있었던 적금이 차곡차곡 쌓이자, 제주에 근사한 우리 집을 하나 갖고 싶다는 바람 역시 적금처럼 차곡차곡 쌓여갔다. '스노우볼'이 될 종잣돈을 만들기까지의 계획과 내 집 마련에 필요한 나름의 설계도를 얼기설기 그려보면서, 제주안에서 이사를 결정했다. 2년 전 우리 가족에게 도피처가 되어주어서, 제2의 고향이 되어주었

고, 안온한 삶을 허락해 주었던 성산읍 온평리를 떠나 구좌읍 동복
리로 떠나기로 한 것이다.

동복리는 금세 변화하고 있는 제주의 현주소를 대변하는 마을 같았
다. 제주 동쪽, 함덕과 김녕 사이에 자리잡은 작은 동네인데, 마을공
동체가 발달한 제주도에서 마을로 치면 작은 편에 속하고 가난한 동
네에서 지금은 핫플레이스가 들어서고 여러 사업과 지원을 받아 유
명하고 부유한 동네로 변하는 중이었다. 마을 부지에 환경자원순환
센터가 들어서고, 마을이 소유한 곶자왈에 설치된 15기의 풍력발전
기가 가동되면서 정부 지원금뿐 아니라 꾸준한 마을 수익원이 생긴
셈이다. 마을은 이 수입의 일부를 초등학교를 살리는 데 썼다. 전교
생이 열 명 남짓도 되지 않는 작은 학교로 쪼그라든 동복분교를 살
려보고자 적극적으로 다자녀 가정을 유치 중이었다. 마을은 일주도
로 옆에 3동 23가구의 빌라를 신축했고, 소액의 공동관리비를 부담
하면 막내 아이가 초등학교를 졸업할 때까지 새로운 집을 빌려주었
다. 마을은 국가지원금을 활용하여 마을의 인구도 늘리고 소멸해가
던 동복분교도 살릴 셈이었다.

우리는 리사무소에 지원서를 접수했다. 제주 시내와 가까웠고, 무엇
보다 아직 유치원생인 막내가 초등학교를 졸업할 때까지는 이사 걱
정 없이 안정된 생활을 할 수 있을 것이라는 계산이 섰기 때문이다.
감사하게도 마을에서 입주를 허락해 주어서, 아이들은 정들었던 온
평초등학교와 유치원을 떠나 동복분교장으로 전학을 했다. 제주도

작은 학교를 찾아왔는데, 더 작은 학교를 옮긴 셈이다. 한 반에 여덟 명인 4학년에 다니던 큰아이는 새로운 학교에서 학급생이 단 두 명 뿐인 5학년이 되었다. 초등학교에 입학하는 둘째 아이의 친구들은 6명이었다.

동복분교에 제주도 및 육지 여기저기서 우리 가족 같은 스무 가구, 마흔여 명의 아이들이 일순간에 모여든 게 금년 봄, 새 학기였다. 유명 통신사 CF 배경으로 유명해진 애월 더럭분교 버금가던 예쁜 동복분교장은 많아진 아이들의 학습권을 보장하기에는 낡고 비좁아서, 이내 신식 교정을 짓기 위한 공사가 시작되었다. 지금은 허물고 공사판이 된 교정을 바라보면 안타깝지만, 조만간 우리 아이들이 꿈을 더 키워나갈 현대적인 교정이 들어설 것이라는 기대감은 이 안타까움을 덮고도 남아서, 동복리에서의 삶에 큰 기대감을 입혀 주었다. 그리고 작은 마을이 된 세 동의 빌라촌에 모인 어른들의 세계에도 뭔지 모를 설레임이 깃들었다는 것을 직감적으로 알 수 있었는데, 아무래도 새로 제주에 입도한 이웃들이 품어내는 제주라이프에 대한 선망 같은 것일 테다. 이년 전 우리 가족이 즐겼던 모든 게 새롭고 모든 게 신비로운, 바당과 오름, 난드르와 한라산이 주는 에너지가 흐르는 하루하루의 삶. 바로 그게 아닐까 싶다. 빌라촌 한복판 작은 정원에 수십명의 아이들이 어울려 뛰어노는 것을 바라보면, 아이들의 왁자지껄한 육지말과 제주말이 뒤섞인 놀이 소리에 쏙 빠져 있다 보면, 이 정도면 괜찮은 제주살이 아닌가 하는 마음이 들어 괜스레 기분이 좋아졌다.

10년 후의 나는, 20년 후의 나는 어떨까. 세아이들은 훌쩍 자라 제주를 떠날 수도 있겠지만, 나와 아내는 여전히 제주에서 하루하루를 소중히 여기며 살기를 바란다. 물론 삶이란 것이, 모든 게 다 잘되고 모든 게 만족스럽지는 않겠지만, 여전히 처음 제주에 왔을 때 가졌던 감사한 마음과 사소한 변화를 오감에 낱낱이 새겨 넣는 배고픈 심령으로 하루하루를 살아냈으면 좋겠다.

아마도, 그럴 것 같다. 그렇게 살 것 같다.

이곳이 제주이므로, 제주에 오길 참 잘했으므로.

에필로그

'Kodak Moment'란 말이 있다. 사진으로 남기고 싶은, 오랫동안 간 직하고 싶은 최고의 순간을 뜻한다는데, 코닥이라는 필름 브랜드를 안다면 쉽게 짐작할 수 있는 표현이다.

제주 섬에 입도한 후, 때때로 우리 가족은 기념사진을 찍었다. 예쁜 풍경을 배경으로 두고 특별한 포즈를 취하지 않고도, 게다가 별다른 보정을 하지도 않은, 그저 그때의 기록으로 남기고 싶었던 이 사진 들을 훗날 들춰보면 잔잔한 울림이 되어 우리 가족의 마음에 여울 지곤 했다.

제주에 발을 디디던 날, 처음으로 찍었던 사진이 그랬고, 제주에 세 든 집 마당에서 찍었던 사진이 그렇다. 그리고 아이들 생일 같은 기념될 날에 나란히 앉아 찍은 사진들을 살펴보다 보면 우리 가족의 자람과 우리 가족이 헤쳐 지나온 세월의 흐름이 사진 곳곳에 남아 있어서 볼 때마다 새삼 애잔하고 울컥하는 마음이 들었다.

며칠 후면 초등학교 때 제주로 전학을 온 큰아이가 대학 생활을 위해 서울로 떠난다. 20년을 품 안에서 꼭 끼고 키우던 아이를 세상 밖에 내놓는다는 것은, 품을 떠나는 아이도, 떠나보내는 부모에게도 큰 도전으로 다가온다. '이제 다 컸네' 하는 대견함과 '잘하겠지' 하는 응원의 마음속에서도 허전하고 아린 마음 역시 드는 것은 내가 바로 아비이기 때문일까?

아이를 떠나보내기 전에 기념사진을 찍기로 했다. 예전 성산읍사무소에서 전입신고를 한 후, 처음으로 찍었던 읍사무소의 정문에서, 9년이라는 시간이 흐른 뒤 우리는 다시 삼각대에 카메라를 올렸다. 올망졸망했던 아이들은 자라 이제 엄마의 키를 훌쩍 뛰어넘은 청년과 소년이 되어 있었고, 우리 부부는 세월의 먼지를 한 아름 뒤집어썼지만, 그래도 좋았다. 오늘이 우리 가족에겐 '코닥 모멘트'이기 때문이다.

이 책은 글로 쓴 나의 '코닥 모멘트'이다. 남 보여주기 부끄러운 일기 같은 것이라 책으로 엮는데 큰 용기가 필요했지만, 화양연화 같던 그 시간을 기록으로 남겨 놓는다면, 끊임없이 흐르는 시간의 어느 날, 우린 같은 자리에 돌아와 앉는데 든든한 주춧돌이 될 것이다. 그때 이 기록과 우리가 지나온 시간의 마디마디들이 기쁜 추억으로 저마다의 마음에 옹이가 져 있기를 기대한다.

언제 우리는 성산읍사무소 입구에 다시 사진기를 삼각대에 올리고 포즈를 취하게 될까? 다시 그 자리에 설 때, 우리는 어떤 모습으로 자라 있을까?

# 제주라서
## 다행이야

지 은 이     이평온
펴 낸 곳     뜻밖의 오늘
대     표     한승용
출판등록     2024년 1월 8일 (제651-2024-000003호)
주     소     제주특별자치도 제주시 조천읍 와흘남길 53-35 8동
블 로 그     blog.naver.com/simjahan
인     쇄     대영인쇄사